一本の葡萄の木

Murayama Rion
村山りおん

作品社

一本の葡萄の木

1

前方の崖下に気配がして立ち止まった。新緑のナナカマドの樹の下に、刈り上げた白髪頭の丸めた背中が見えた。スーパーのレジ袋から何か取り出して地面に撒いている。いつの間にか、三、四匹の猫が周囲に集まって甘えた鳴き声を上げていた。

海の吊橋の方から誰かが昇ってくる。その頭上に樹木が覆い被さっているので、容貌は分からなかった。ナナカマドの傍まで来て、立ち止まった。後姿からすると女らしかった。

――おじさん、迷惑なんだけど。野良猫がいつも庭に来るのよ。

神経質な口調でその女は抗議した。

だが、男は意に介さず、袋を逆さにして残りの餌を全部、力いっぱい周囲にばらまいた。猫たちは餌に向かって四方に飛び散っていった。

――全く！　当てつけだわね。

女はお手上げだと言わんばかりに両手を拡げていなくなった。

坂田はそれが、笠原の妻の佑子だと知った。初めて見た別の姿だった。

2

珍しくラ・ピアンタに客が二組も入っているのを見て、坂田は裏口から厨房の方へ廻った。頼まれたセージとタイム、ローズマリーを一摑みずつカウンターに置いた。

——この位なもんでいいのかな。

——やあ、手間かけてすみませんね。

あまり、多く切り取っても無駄になる。それにまた足りないとなれば畑はすぐ目と鼻の先だ。白い山高のコック帽を被った水野は、牛肉を包丁の背で叩きながら顔を向けて礼を言う。給仕している妻の芳江がオードブルの皿を下げて戻って来た。

——佑子さんと一緒にいる人、いつも来るの？

芳江はちょっと笑った。

——オーナーは美人とくればすぐに目に付くんですね。あの人、佑子先生のお姉さんなんですって。この前お稽古に行った時、紹介されましたもの。

——ああ、お姉さんね。あんまり似てないねえ。

——そうかしら？　顔の輪郭なんかそっくりだと思うけど。

芳江はバジル、ルッコラとアンチョビのスパゲッティをすぐにトレイに載せて出て行った。水野は湯気の向こうで肉のソテーのためにフライパンに火を点けた。坂田は邪魔しないようにそのまま厨房を出てきた。

レストランの脇を通りながら窓越しに見ると、佑子の姉という女の顔が正面から見えた。ああ、やはりあの恵子だ。もう十五年以上になるのに、あまり変って見えなかった。

笠原佑子は海辺の住宅地に家を建てて七年になると聞いた。自宅でピアノの教師をしていて、芳江も習いに行っている。

佑子は時々、このハーブ園にやってきた。特に水野のレストランに昼食に来る。ほとんど一人だったが、以前には夫と乳飲み子を連れてベビーカーで来たこともある。ただ、顔を合わせれば挨拶する位の間柄だった。薔薇が好きで、その庭は薔薇園みたいだと芳江が話していた。佑子はそのうちに水野に料理を教わりたいと言っている、そう聞いたことがあった。

——ねえ、オーナー。家の旦那も乗り気なんですがね。レストランが暇な平日の午後なんかに料理教室を開いてみようかと思ってるんですよ。

——いいじゃないの。このハーブ園の宣伝にもなるし。でも、人が集まるのかね。

——それが問題ですね。もう少し当たって見ますよ。

水野の料理はこの辺りでは評判だったが、もっと宣伝してみたらどうだろうと木津ちゃんが言う。彼は三年前にまだ新子がいる時に雇ったスタッフだったが、主にインターネットを使った営業に力を入れてくれる。そのお蔭と口コミで、しばらくはこのハーブ園もかなり来客数が増えた。園芸関係や家庭雑誌の取材を受けたこともいい反響をもたらした。しかし、それも一時的な人気で、このところ客は目立って減っている。

新子と二人で作り上げたハーブ園なのに、今では坂田にはただ義務感だけが残っていた。しかし、いずれ新子が帰ってきた時に、惨めな状態にだけはしておくまいと思っていた。

笠原の妻である佑子が相変わらずここへ出入りするのは、やはり何も無かったのだ。こちらの猜疑心に過ぎなかったのかもしれない。

ただ、夫の笠原には近寄って貰いたくなかった。それに気のせいかもしれないが、新子がいなくなってからは、ぷっつりと姿を見せない。

3

——電話を掛けるまではさんざん迷ったけど、あっけないほどすぐに出たのね。

——そうだね。

弾んだ恵子の声に、坂田は電話口で平静に答えていた。

山形の坂田の実家に、ここの電話番号を聞いたと言った。実家にはこの数年前に恵子を連れて行ったことがあった。

——すぐに迎えに行くからそこにいて。

坂田は上下カーキ色の作業服のまま、ガレージに停めてあった軽トラックに乗った。恵子は車で三十分ほどの富戸の駅にいた。車の助手席に乗せて、国道沿いのファミリーレストランまで連れて行った。

恵子は先ほどから一人で話している。まるで沈黙を怖れているようだった。

——この辺りはもともと開拓村だったんですってね。

ビールを買おうと立ち寄った酒屋の親父さんがそう教えた。北海道ではなく、こんな伊豆の真ん中にそんな呼び名の地域があるとは意外だった。

――まだ学生だった頃のことだわ。確か弟と一緒だった。あの頃から、この辺りには縁があるのね。

目を輝かせて話し続ける恵子を見るのが辛くて、坂田は顔を逸らした。

――九州の田舎町から東京に出てきて、弟も後から続いて、伊豆にはその頃からけっこう来てたのよ。もしかして、その開拓村にいるのかと思った。何か農業をやるつもりだって言ってたでしょう。

はっきり言わなくてはならないと思っていた。しかし、恵子は興奮して、いつまでも一人でしゃべっていた。その気持ちは痛いほど分かるので、坂田は何も言えなかった。丸二年間音信もせず放って置いたのだ。

――私ね、本当は田舎に住みたかったのよ。何か植物を育てたかった、とまでは言わないけどね。あなたに、甘ったれるなって叱られそう。体を張ってそれで食べて行くって、そう簡単なことではないでしょう?

坂田は弱々しく笑った。

——こっちだって、そんな気概はないよ。ただ、言われる通り動いているだけさ。いろいろ野菜を育てている。

坂田は曖昧に答えた。

——ねえ、これからその農園を見せてもらってもいい？　どんな所であなたが働いているか、一度見てたら安心だから。

恵子にすれば、当然の申し出だった。しかし、坂田は首を振った。

——まだ、ずっとそこにいるかどうか分からないんだ。

恵子は一瞬息を呑む様子だった。何かを感じたらしい。黙ってこちらの続きを待った。坂田はどう切り出していいのか躊躇した。新子のことは言えないと思った。しかしやはりもう先まで行くしかなかった。

偶然通り掛かった山間に見つけた家だ。かつては立派な屋敷として手入れされていたであろう、その痕跡は所々見受けられた。しかし今はその敷地は畑か草原か区別もつかないほど荒れていた。背丈ほどの雑草の間に、野生化したラヴェンダーや蔓薔薇やハーブらしき草類が覗いていた。

——誰も面倒を見るものがいないのかと幾分憮然とし、訝しそうに見てたんだろう。突然老人が現れて、そんなに眺めているならいっそのこと、ここで働いてみたらって言うんだ。自分だけだから気楽にできるよってね。

坂田は明らかにでっち上げ、寓話にでも聞こえるようにと話してから、気後れしたようにちょっと笑った。しかし恵子は期待したようには、冗談にも作り話にもしてくれなかった。真剣にこちらを見ている。坂田は先に詰まってしまった。

――つまり、そこにはあなたを引き付けるものがあったのね。多分、ただ畑だけじゃなくて。そのお爺さんの他にも誰かいたとか……。

坂田は言葉を失った。恵子の勘の良さに内心舌を巻いた。

――ま、ここいらは農家も後継者不足で、人手のために若い男手は引き留められる。俺もその一例さ。

――そこには私を連れてってくれないわけね。

――うん、自分でもまだ、いつまでいるか分からないんだ。

また同じ言い訳をしていると思った。

恵子はもう何も言わなかった。それまでの高揚が、一気に萎んでいくようだった。それにつれて、坂田は今更引っ込みはつかないという気になった。それまで決断がつかないでいたが、恵子の出現で決定的に一歩踏み出したと思った。

恵子と別れて帰ってくると、新子のことはこのままではすまされないと悟った。何年振りかで折角訪ねて来てくれた恵子には話すべきではなかったかもしれない。しかし、いつまでも引き摺っている方が、恵子にとっても好ましいことではあるまい。

後になってみて、あの時の恵子への接し方はやむを得なかったと、坂田は自分に納得させた。そうして、恵子のことはすっかり忘れていた。

4

いつも出没する三毛猫は、今日はラ・ピアンタのポーチに陣取っている。まるで、中にいる誰かを大人しく待っているようだ。

レストランの戸口から佑子とその姉が出てきた。

佑子は急に足を止めた。二人の会話が畑の小径にいる坂田には筒抜けに聞こえる。

――あら、厭だ。また、ここにいる。

――ほんと、また会ったのね。

――また会ったのね、じゃないわ。あの猫、お姉さんを付け回してるみたい。

――そう？　別に餌で釣ってる訳じゃないけどね。

三毛猫は二人の女を先導するように、ポーチから畑の小径に降りると、坂田の方へ向かって走ってきた。

――こんにちは。

佑子が坂田を認めて挨拶した。その姉もこちらに会釈をした。すぐには坂田と認めなかったようだった。

一瞬後、恵子が頷いた。

――やっぱり会えたのね。そういう気もしてたんだけど。

佑子はちょっと驚いたように眉を上げたが、さりげなくラヴェンダー畑の方へ歩いて行った。

――もう、妹の所へ来て十日になるわ。

そう言いながら、恵子は畑の小径を先に立って歩いて行く。

――ハーブ畑って、想像していたより花がきれいなのね。

——ちょうど今が咲き時だからね。

——今、生け花の仕事をしてるのよ。でも家元のいる何々流っていうんじゃなくて、いわば自己流ね。

それで客がいればたいしたものだと思うが、こうして十日も遊んでいられるのは、それほど仕事がある訳でもないのだろう、そう考えながら坂田は恵子の後ろを歩いて、時々説明を加えている。

——始めはラヴェンダーばかりだったんだけど。ほら、佑子さんが歩いている、もうちょっと丘の方だよ。

——あの人、どうしてああ太ったんだろう。伊豆は美味しい魚や果物が豊富だからかしら？　それとも何かストレスでもあるのかな。そういう時、女はバカ食いするっていうから。

坂田はちょっと肩を竦めた。

恵子が何年も会わなかった自分に妹のことで、何か打ち明け話でも持ち掛けてくる具合なので警戒した。

——ああいう佑子さんしか知らないからね。

恵子は歩きながら、白や赤の小花を触ってみる。

——いい匂いがするのねえ。ラヴェンダーやカモミール位しか知らなかったけれど、サルビアやマリーゴールドもハーブなの？

——そうだね。花を乾燥させてポプリにしたりするよ。

恵子はちょっと笑った。

——やっぱり虫食いがあちこちあるのね。

——そうだね。農薬はあまり使わないからね。

急に立ち止まって、恵子は正面から坂田を見つめた。

——やっぱり、こういう生活があなたに向いていたのね。今だったら、わたしも理解できるわ。

——そうかい？

——そうね。わたし、一応フラワー・アレンジメントをしてるけど、どちらかというとこういう畑で自然相手に働く方が合ってるのかも知れない。ラヴェンダーやカモミールをうまく取り入れてアレンジしてみると綺麗かも。紫や白の小さな花々を見てると、気持ちが和むわ。

風に乗って、揮発性の甘酸っぱい様々な香りが混じり合って漂ってくる。坂田は、恵子の安らぐ気持ちはよく分かった。自分もそうして慰められて来た。

それでも、坂田はちょっと首を傾げて笑った。そんなに簡単なものじゃないよと言う積もりだったが、言葉にはしなかった。

恵子はこちらの反応には斟酌せずに、もう歩き始めていた。

5

母屋は外観からも、昭和初期の煉瓦やタイルを使い、斜めに太い材木の梁が見える、重厚な作りになっている。恵子は客用ホール兼事務所の一階広間に招き入れられて、感嘆したように周囲を見回した。

――まるで、イギリスの田舎のマナーハウスにでも行ったみたいね。

――そうだろうか。ぼくは行ったことはないが、妻の両親がそういう好みだったんだろうね。

恵子はもう使われなくなってかなりの年月が経っている、暖炉の前に立っている。

――さっき外から見て、一度中を見せてもらいたいと思ったけど、予想した通り、風情があるのね。

坂田はなるべく驚いた振りをしようと思った。

――それにしてもとんだ奇遇だったね。

恵子は振り返って坂田に笑い掛けた。ここで坂田に会うとは自分も予想していなかった。しかし、妹夫婦が伊豆に家を建てた時、すぐに坂田の顔が浮かんだ。目の前の坂田とはかなり違ったイメージだったが。

――昔の面影はほとんどないのね。

――そうかい。君はそう変っていないね。すぐに分かったよ。

妹の佑子はラ・ピアンタにまた入って出て来ない。坂田と恵子が知り合いと分かって、かなり驚いていた。

――妹から聞くまで、こんなにいい味のレストランだとは思わなかったわ。

確かにいい味だった、恵子は続ける。しかし、平日のせいか客は他に一組の若いカップルしかいない。地元の感じではなかった。自分もこのハーブ園の噂は聞いていた。フラワー・アレンジメントの仕事関係で知り合った料理研究家がここのハーブを褒めていた。婦人雑誌にも載ったことがあると聞いた。しかし、ここに坂田がいるとは想像つかなかった。

——かなり、知られてきたのね。妹が言ってたわ。散歩していて、東京ナンバーの車に、何回か道を聞かれたことがあるって。

——ちょっと分かりにくいだろう。細い山道を抜けてくるから。

頷きながら恵子は、暖炉の上に掛けられた絵に眼を遣った。しばらく目を凝らして見ている。坂田はそんな凝視にいい気持ちがしなかった。

夫の家に同じ画家の絵があったと言う。名前を聞かれて坂田は知らないと答えた。

——そう？　ローマ字のサインも同じだけど、Hagiなんとかってあるわね。もっと小さい絵よ。十五号くらいかしら。でも女の顔や椅子に座った構図、それに背景の室内もそっくりだからすぐに分かったわ。

坂田は何故だか裏切られたような鼻白んだ顔をした。

——この画家、この構図が気に入ってきっと売れると睨んだのね。だから小さい絵で描き直した。

——そうかもしれない。

――画家の名前は分からないのね。でも、この部屋なのね、背景になっていたのは。あの絵の家が実際に存在するとは思ってもみなかったわ。そういえば、そうね、ここなのね。モデルは誰なの？

――もうここへ来た時にはあった絵で詳しくは知らないんだ。

恵子は一瞬、探るようにこちらを見た。

坂田は話題を変えたいと思って尋ねた。

――佑子さんは？

――レストランの厨房で話し込んでいるのかも。サワラの香草焼きのコツを教えてもらうって言ってたから。

現在水野夫婦が開催している月一回の料理教室に佑子も通っていた。それでも生徒はやっと四人集まればいい方で、それ以下の人数だと中止になる。

――さっきの三毛猫、なんだかレストランの入り口で私たちを待っているようだったわ。佑子は気味悪がっていた。黒猫だったら、もっと不気味だけど、三毛だとちょっとご愛嬌だわね。ここで飼っているの？

――そうだね。

新子が餌をやっていた。しかし飼い猫ではなかった。どうして来たのか、新子も知らなかった。それにこのところ、新子がいなくなってから、あまり家に居つかない。

6

恵子はラヴェンダーのサシェを作りながら話しかける。このハーブ園が気に入ったのか、しばしば訪ねてくるようになった。たまたまいつもの手伝いの主婦が家に急病人が出て、来られなくなった。木津ちゃんが電話で応答しているのを恵子は傍で聞いていたらしい。

——サシェなら作り方、知ってるわよ。簡単だから。

他に二人の常連のパートさんがいるが、恵子はその人たちにやり方を習って、すぐに修得していた。自分の習った方法とあまり違わないらしい。

恵子を雇うつもりはなかったが、暇だから手伝うと言う。それでも、奥の作業場にいるパート達からは離れて、一人で母屋棟の事務所脇のベンチとテーブルを独占して材料を並べている。木津ちゃんも静夫君も畑やハウスの手入れに出掛けているから、邪魔にはならなかった。

——私、今は一人なのよ。別れたばかりというところかな。

そう言って笑った。両眉が一瞬吊り上がって揶揄するような、侮蔑の混じった表情が過ぎった。坂田は昔の恵子の癖を見た気がして、赤くなった。

坂田のアパートだった。裏庭は崖がせり上がっていて、斜面に白梅が咲いていた。裸になろうとしていた自分のブリーフの右脇に十円玉程の破れがあるのを覚えていて、恵子の目から隠そうと窓際に腰の向きを変えた。白梅から移ってきた恵子の視線は、一瞬坂田の体の上を通りすぎて、ちょっと眉を上げてすぐに脇を向いた。

この表情だった。今でも見覚えがあった。何か見透かした、高みから見下したような視線、その視線に遭うと恥辱を感じた。自分一人の恥辱というよりも、もっと深く人間としての恥辱のようなもの……。

——ベッドの枕の下に、いつも乾燥させたラヴェンダーの一束を置いていたのよ。庭で大きな鉢に植えていたわ。

恵子は懐かしそうに言う。

——あの家にはもう未練はないけど、庭には気持ちが残るのね。

坂田は月締めの帳簿を付けていた。事務の女子パートに暇を出してから半年になる。細かい雑務もこなさなければならない。収益は目に見えて減ってきていた。

——こんなにサシェ作って、売れるの？

確かに平日のせいもあり、客は今のところレンタカーで来た若い男女の一組で、女がカモミールのティーバックを一箱買っていった。

——うん、ここで売るより卸す方が多いんだよ。

恵子はサシェを作る手を休めないで言う。

——こんな話、したってしようがないけど……。ほんとうは私、この伊豆でフラワー・アレンジメントを教えたいんだけど。

坂田は首を傾げる。

——どうだか。景気が悪いからね。生徒が集まる見込みはねえ。ラ・ピアンタの料理教室も開店休業の有り様だからね。

——妹もそう言ってたわ。ここいらのペンションやレストランをやってる人たちに教えたらいいと思うんだけど。店やロビーに飾るのにね。

——そうだね。

坂田はただ頷いた。どこの店もペンションも客はあまり来ないことは分かっていた。伊豆は人気が落ち目なのかもしれない。

——佑子はうまくいってるのね。ピアノの生徒はどうにかいるのよ。口コミで子供も大人も合わせて二十人以上いるわ。でも生活は楽じゃない。知ってるでしょう、妹の旦那。売れない作家なんか抱えて、それに子供までいるんだから。

——子供はいいね。家にはいないから。

——ああ、そうなんだ。私もできなかったわ。だから別れるのに手間はかからなかったけど。

子供がいようといまいと、離婚はそうそう簡単なものではなかろうと思ったが、坂田は黙った。

恵子は後は黙々と手作業に励んでいる。何か祈っているような横顔だ。集中しているとパートの小母さんたちも似たような顔になる。

7

今日の夕食の料理当番は静夫君だった。東京の高校を中退してバイクで伊豆を廻っている時に居ついたのだ。居つくとはまるで野良猫か野良犬のようだが、本人がそう言うのだからいいだろう。

——ここに居ついちゃおうと思ったンスよ。あのハウスの奥に目立たないように寝袋で転がってたんだけど、あんまり夜空がきれいで、思わず立って、おうっと叫んでましたね。

木津ちゃんが気付いて、坂田を起こしに来た。

——いいじゃないか。明日の朝までいたら、声掛けてみよう。

明朝、寝袋に蓑虫のように丸まっている男は無邪気に目を開いて、足元に立っている坂田を見つめた。いきなり寝袋から飛び出して、バッタのように頭を下げた。

——ここに置いて下さい。なんでもしますから。

去年の春のことだ。すぐにいなくなるだろうと思ったが、畑仕事が性に合っているとみえて、よく働く。今では貴重なスタッフになっている。

静夫君はかつてラーメン屋で働いていたそうで、餃子や野菜炒めをうまく作った。

食事の時はもう仕事の話はしない。テレビで野球やサッカーの試合を見ながら、ビールを空け、三人で黙々と食べる。みな、饒舌では無かった。

——植物相手に話してるだけで満足なんですよね。

木津ちゃんはいつか、三人を代表するように言った。

三十近い彼にも、静夫君にも恋人らしき影は見えない。二人ともそのうちに、ここで仕事を覚えて独立していくだろうが、今のところはそういう気配もなさそうだ。しばらくはこうして続けて行くだろう。それも、収入的には限界が見えるから、給料としては大した額は払えない。言わば三食住居付きの恩典で安く働いてもらっているが、別に不満は言ってこない。

たまに二人は農園の軽トラックで伊東の町に遊びに行くこともあるが、あまり楽しんできている様子もない。坂田は仕事で出掛ける以外、ほとんど外出はしなかった。夜は二階の自室に一人で籠もることが多くなっている。

母屋には、新子の父親の残した小さい図書室があった。文学には興味はなかったから、地図や写真入りの世界の旅行記等をぱらぱらとめくっていた。海外には一度も出掛けたことも なかったし、これからも行くことはないだろうと思った。しかし、どの写真も既にどこかで見た場所のような気がした。テレビや他の画像などで、きっとそれらの場所のイメージはすでに刷り込まれているのかもしれなかった。

——ここはどこかで見たようね。

新子がどこまでも石ころだらけの不毛の大地が続く写真を見て言った。火山の噴火口から火砕流が流れ出し、今は冷却して固まっている。

——そうだね。普賢岳もこうだったね。月面の写真にも似ている。

坂田は答えた。

——この写真を見て、「あの人」が言ってたわ。今ここにいるのね。すっかり緑は燃え尽きてしまった。月の砂漠に降り立ったみたい。きっと別の惑星に行ってしまったんだわ。死後の世界のようね。それからほんとうに間もなく居なくなってしまったわ。

——新子がいくつの時だい？

——そうね、七歳になってたわね。小学校へ上がるので赤いランドセルを買って貰って、しばらくしてからだった。

――その年でよく言葉を詳しく覚えているね。

新子は珍しく、戸惑った表情を見せた。

――そうよ。そう言ったのよ。

無理に強調する具合なので、たぶんに新子の想像力が加わっているとも思った。

――その後のことは分からないのかい。

――分からないわ。聞いてはいけないことだったから。

坂田はその話には深入りしまいと思った。けれど新子はその頃から母親のことを「あの人」と呼んで時々話すようになった。

8

その頃、ハーブ園を始めて七年ほどになって、知名度も上がって来たといえるほどになっていた。たまたま、開け放した母屋棟の受付に座っていた新子にハーブのことで根掘り葉掘り訊ねている男がいた。新子は当たり障りの無い答え方で、それくらいの知識は相手にもあったのだろう。やがて退屈したらしい男は庭に目をやった。

――三毛猫がいますね。飼い猫ですか。

新子は曖昧に頷いていた。

やがて男は帰って行った。それが笠原だった。

玄関脇の蔓薔薇の茂みにいた坂田には気付かないようだった。

――芳江さんの知り合いなのよ。彼女のピアノの先生の旦那なんですって。作家だって言ってたわ。

――それで、何で来たのかね。ハーブ園のことが興味あるのかね。

――さあ、それは私も分からない。でも何か、知りたいみたい。

――ふうん、小説のネタになるようなことは、家にはないけどね。

――そうね。でも芳江さんの知り合いだから、無碍にも断れないわね。

それでも体よく断ることもできるだろうにと坂田は思ったが、言わなかった。

その後、笠原は何度か訪ねて来た。

三年前の五月末のことだ。新子は玄関脇の赤い蔓薔薇を剪定鋏で切り取りながら、もどかしそうにしていた。傍に笠原がいて、畑からそれとなく見ていると、笠原とは短い応答を繰り返しているようだった。いつも彼はすぐに帰って行く。

新子は切り取った薔薇をクリスタルの花瓶に活けて応接テーブルの上に置き、黙って見ていた。

幼い頃に、玄関ポーチの柱を覆うように赤い蔓薔薇がアーチ状に絡み合っていた。「あの人」がいつも鋏で切って活けていた。この花瓶だった、そう新子は言った。坂田は荒れ果てた屋敷を修復しようとして、ポーチの両側に半ば野生化していた赤い蔓薔薇を見つけた。

――父が生きている時は株を挿し木で増やしたりして面倒を見ていたわ。母の絵は壁から外したのに、薔薇は伐れなかったのね。

坂田が手を入れ出して十年ほど経って、蔓薔薇は見事にポーチの屋根まで覆うほどの茂みになった。甦ったと思えるほどだ。

新子はその頃からしきりに庭に出るようになっていた。それまで余り庭仕事には興味を示さなかったのに、やはり商売となると意識が違ってくるのだろうか。

薔薇を見ている新子の後ろ姿を、坂田は珍しく自分も黙って見つめていた。なぜだか目が離せなかった。

やがて新子がこちらを振り向いた。

――思い出したわ。「あの人」が言ったの。別の星に行ったら、新子に会えないけれど許してくれるって。こうして薔薇を活けながらね。

どうかしちゃったんだろうか、坂田は戸惑って妻を眺めた。こんな、子供騙しの感傷的な言葉を吐くことは無かった。淡々と鷹揚に現実を受け入れる女だった。皺が刻まれ始めている細い小さい身体を、新しく柔らかい皮膜が覆い始めているようだった。靄のようなその柔軟さが、新子を若返って見せていた。

それなのに、近頃新子は手垢の付いた陳腐な言葉を発するようになっている。

――本当かい？

――そうよ、今まで思い出せなかったの。

新子は坂田にというよりも、独り言のように呟いた。

――他の星へ行くって、実際どういうことなのかしら？

坂田はしばらく黙った。

――それは何かの連想と続いて起きる時もあるよ。俺の場合は、若い頃、珍しく盲腸で熱が出て入院したことがあるんだ。夢うつつの中で、他の星に運ばれていた。砂漠のようなところ、そうちょうどタクラマカンのようなところ。なんだか死んだお祖父さんやお祖母さんや、伯父伯母に似た人たちが柱廊のある大きな神殿のような所に集まっていた。その時の記憶では、ただ彼らは笑ったり頷いたりするだけで、会話は交わさなかったな。一人の神官のような白い長い装束を来た男が中央に立って、さあ、これから、この新しい土地を与えてくださった神に感謝の祈りを捧げようと語ると、みなが一斉に跪いた。そこで目が醒めた。でも、すぐに分かったんだ。丁度、テレビで見たばかりだった。ある中南米の国で、ニカラグアだったと思うけど新興宗教の教祖がこう唱えるんだ。皆で別の星へ行って新しい世界を作ろう。そこに一本の葡萄の木を植えよう。創世記にわれわれはいる。その世界に行くために、この現世から離脱するために、皆で一緒に薬を飲むんだ。そう、一斉に毒薬で集団自殺さ。実際にあった事件だよ。

新子の目が異様に輝き出した。しかし、何も言わなかった。ただ、いつもと違う、困ったような、戸惑った表情をして、二階へ上がって行った。何か隠しているような気がしたが、深追いをしない方がいいと坂田は思った。

もしかしたら、坂田はかつての伝吉の反応を思い出していたのかもしれない。伝吉に、それとなく新子の母親について尋ねたことがあったが、聞いてはいけないという雰囲気だった。

9

——なんだか、途方にくれた顔をしてたねえ。あの椿の傍に立って居たとき。道に迷った野良犬みたいに。でも、ただの狆ころ犬さ。

伝吉はいかにも自分が坂田を拾ってやったと言わんばかりに、折ある事にその時のことを持ち出した。

足の向くまま、伊豆の山中を歩き回っていた。

それまでのほぼ原野に近い山の中に、突如出現した庭園に驚いて声も出なかった。あの世に呼ばれるときは、見渡す限りの花畑を横切って行くと何かで読んだことがある。そこは前にどこかで見たようなとても懐かしい場所に思えた。ついに、あらかじめ約束された土地、そういうところへ着いたのだ。そんな感慨さえ覚えて呆然と眺めていた。

突然、出現した灰色の作業服を着た老人が、眼光鋭くいかがわしそうにこちらを見据えた。それまでの恍惚とした高揚感が一時に萎んで、緊張した。

途方に暮れた顔に見えたのだろう。

――立派な庭ですね。

辛うじて言った。

――立派！　なんとでもいえばいいさ。こんなに落ちぶれてしまった。ただの藪さ。

これがただの藪なら、昔はどんなに豪勢だったことだろう。このあたりに、何かそんな長者屋敷のようなものがかつてあったのだろうか。

見ていると、老人は奥の作業小屋からモーター付きの草刈機を取り出してきた。腰が痛そうなので、見かねて坂田は代わってやった。手が行き届かないのか、その辺りは雑草が胸の高さにまで繁茂していた。草刈機のモーター音につれて、おもしろいように草がなぎ倒されていく。茎の切り口から、甘酸っぱい緑の香りが周囲に漂った。たちまち汗で全身びっしょりになりながら、坂田は作業を続けた。

新子のことは、勿論何も知らなかったから、草刈をしながら知らず知らずのうちに母屋に近づいていた時、ふと窓辺に立ってこちらを見ている女に気付いた。小柄で地味な化粧っ気のない顔で、驚いているのか、不審に思っているのか、表情は分からない。年齢からして、伝吉の妻にしては若いので訝しく思い、それでもただ頭を下げた。

新子と恵子を比べてみることはしなかった。比べようがなかった。恵子とうまくいかなくなったのは、ただ一緒にいることに互いに疲れたからとしか言いようが無かった。そういう状態では結婚まではとても無理だった。

作業小屋にしばらく寝泊りして、伝吉と名乗る老人の庭仕事を手伝っていた。

ある晩、坂田は新子と開け放たれた縁側に座っていた。満月が雲一つない晩夏の空に澄み渡っている。その蒼白で透明な光に照らし出された広い庭の片隅には、ススキが大人の背丈ほどにも伸びきって、折からの風にゆらゆらと騒いだ。虫の声が煩いほど響く他は、何一つ物音はしなかった。

伝吉が月見に来るように誘ったのだ。だが彼の姿は見えない。どうしたものか迷っていた。新子は別に何も言わない。

伝吉はいつか語った。かつては、このお屋敷はそれは豪勢なもんだったよ。屋敷の部屋という部屋に灯火が溢れ、正面の車寄せには始終来客の車が横付けされた。庭には芝生が緑の絨毯を敷いたようで、花壇には薔薇の花が咲き誇っていた。しかし事業がうまく行かなくなり、岩見重蔵は会社を人手に渡してから、伝吉に手伝わせて、広い敷地で園芸三昧の毎日を送っていた。もう亡くなって二十年になると聞いた。

　別にまだここに移ってくると決めた訳ではなかった。もし、そうなると自分より年上に見える、このいかにも老嬢風の新子との位置関係が難しいのだった。新子は庭や畑仕事に興味がありそうには見えなかった。しかし、所有者は彼女だったから、その意向を無視はできなかった。この女と果たしてうまくやっていけるのか自信はなかった。

　醜いとまではいえないが、痩せて小柄で顔色はくすんでいた。口の周りや首筋にすでに皺が目立っていた。この屋敷に籠って他人とはほとんど接触が無かったせいか、坂田にどう接していいのか分からないらしかった。妙に気後れする態度から、坂田は自分までも緊張していた。息苦しかった。一時も早くこの責め苦から自由になりたいと思った。

　新子は中学まで出ると、後は家に引き籠もり、父親の書斎の本の中から気に入った物語を選んで読んでいた。伝吉はいつも強く否定していたが、世間では新子は幾分知能が劣っているように思われていた。とはいえ、もう世間で新子のことを話題にする者はいなかった。

「空気人形」、そんな題名の映画があった。しかし目の前の人形は美人の若い娘の形態ではなく、もはや齢は盛りを過ぎ、痩せて萎んでかつての空気も抜けかけていたといえるだろう。新子は皺も多く、皮膚は干からびていた。しかしどこか宙に浮いているような雰囲気はまだ残っていた。小柄で化粧気のないおかっぱ頭のその姿は一見少女に見えた。新子はどんな暑い日でもほとんど汗もかかず、黄ばんだ肌の色は一年を通して変わらなかった。

——親爺さん死んだ時、君はいくつだったんだい？

——そうね、二十歳にはなっていたわね。

新子は見よう見まねで絵を描いた。大したものではないから、地下の倉庫に少しだけ眠っていると言う。

父が亡くなって、倉庫の一室に母が描いた油絵を何枚か偶然見つけた。自分のよりずっと鮮明でエネルギーに満ちていた。ショックを受けて、鍵を掛けてまた仕舞い込み、もう絵を描かなくなった。そういえば幼い記憶で母がイーゼルを立てていた姿がぼんやりと浮かんだ。傍に立っていた若い男は画家の先生だと教えられていた。

倉庫の奥に、一枚の大きな絵があった。「あの人」の肖像画だと分かった。昔暖炉の上に掛かっていた記憶があった。きっと、父が外してしまいこんでいたのだろう。新子はその絵が気に入って、また壁に掛けた。

——でもね、「あの人」の絵、彼が描いているの、見たことはないのよ。同じ画家だと思うけど。

坂田は地下の倉庫まで入ってみたことはない。ボイラー室の隣に鍵が掛かっているドアがあるが、きっとその中だろう。

新子もその母も絵を描いていたとはその時初めて聞いた。坂田が知るかぎり、新子は絵は描かなかった。

新子が描いた絵が一枚だけ、彼女の部屋に掛かっている。どこかの砂山に横たわる女と、空には満月がある。似たような構図の絵が確かアンリ・ルソーにあった。女を見ているライオンが描かれているが、新子の絵にはただ女だけがじいっと月を凝視している。坂田は気持ち悪い絵じゃないかと言ったが、新子は意に介さず、その絵をベッドの向かいの壁に掛け続けていた。

――砂漠ではないのよ。あの裏山向こうの採石場の跡、斜面に立ったらこんな場所があったのよ。子供の頃よく遊んだから。

岩見のかつてのセメント工場のために、石を切り出した場所だ。かなり以前に廃業したので、そのまま放置され、今は灌木が覆っている。この農園からはほとんど真裏になっていて、山奥へと入っていく農道が付いている。

その日はたまたま散歩で、その採石場跡を通りかかった。新子と散歩に出ること自体が珍しかった。いくらでも植物は手を入れることがあったし、農園の将来の計画で坂田は頭がいっぱいだった。

――もう、すっかり昔の面影はないのね。

新子は灌木の麓に立って呟いた。

――春なんかとっても日当たりがよくて、「あの人」とランチ・ボックスを持ってここへ来たのよ。どうしてだか二人共、ここの石灰岩の無機質な広々とした景色が好きだった。もうあの頃はここで採石はやってなかったように記憶してるけど。「あの人」が絵を描く間、私はここいら中をただ走り回っていたわ。たまにあの画家がいることもあった。

そうして、新子は灌木の中に入って行って、藪を掻き分けて何かをしきりに探していたが、やがて諦めたように戻ってきた。

――ふっと思い出したのよ。どういう風の吹き回しだったのかしら。あの辺りに二人で葡萄の木を植えたのよ。確かそうだった。私も小さなシャベルで手伝った記憶があるわ。こんな乾いたところって子供ながらに思ったけど、こんな痩せ地がいいんだって「あの人」が言ったわ。

坂田は呆れて新子を見つめた。いつのことだ。四十年以上も以前のことだ。それにそんな石ころだらけの痩せ地で水も無ければ育つわけはない。

——その後どうしたの。

——さあ。そこのところがはっきりしないんだけど。「あの人」は出て行ってしまったんじゃないの。

そして、突然笑い出した。

——おかしいわよね。その時の葡萄の木がまだ残っているなんて。そんな期待するなんて。

新子はいつまでも声を立てて笑っていた。

あの絵は今も新子の部屋にあるだろう。もう鍵を掛けて入る気もしない。

10

——あの人、野良猫みたいな人ねえ。ほら、よく出入りしている三毛猫がいるでしょう。

不意に現れてこっちを見張っているような。あの猫を見ているとあの人を連想するわ。

新子が言った。

笠原の小柄で精悍な体つきは、確かに野生の小動物を思い浮かべさせたが、野良猫のイメージとは結びつかないように思えた。

——どうだろうかね。

その時、坂田は奥歯に物の挟まったような返答をした。

笠原のことに深入りしたくなかった。本当はあまり来ないようにと新子に言わせたいところだったが、止めにした。夫婦の間でもそのようなことはこれまで言ったことはない。

笠原は時々来て、畑やハウス内の植物をスケッチしたりしている。ただの趣味というのでもなく、雑文の隅にカットとして入れると言う。

——どこも不景気で、予算が大幅ダウンだから、私の絵で間に合わせるという訳なんで。

坂田に馴れ馴れしく笑いかける。もう顔見知りになって挨拶をする程度にはなっていた。本職が失業するのはどうするんだと混ぜっ返したいところだったが、あまり関わり合いにもなりたくないので黙ってそのスケッチブックを見ると、なかなかいいまとまり具合だ。これだと掲載してもそう違和感はないだろうと、妙に感心しながらその手許を見ていた。

——これでもいちおう美大のデッサン科に行ったんで。二年で退学してしまったけど。

笠原の前歴は知らないのでそういうものかと思っていた。

——それはそうと、お宅の壁に掛かっている女の人の絵、いいですね。

——そうですか。

——奥さんのお母さんですってね。

笠原はスケッチの手を休めずに聞く。坂田は訳もなく怒りが込み上げてきた。

返事のない坂田に訝しそうに笠原は顔を上げた。そしてすぐに付け加えた。

——いや、家にピアノのレッスンに来ている芳江さんから聞いたんですよ。でも画家の名は知らないそうです。聞いたことありません？

——聞くはずがないでしょう！

思わず声を荒らげていた。

笠原は幾分目を見開いて驚いた風だったが、表情の奥に微かな笑いが通り過ぎた気がした。

笠原が新子に会いに来た頃、最初はかつてこの地方で名を馳せた「岩見セメント」と岩見重蔵に関するノンフィクションの件だと新子は言った。それで笠原は取材に来た。そのうちに新子が複雑な表情を見せるようになった。

坂田は畑から上がって来て、洗面所で手を洗いながら新子に聞く。

——誰か来てたのかい？

——ええ、例の小説家。

——もう、取材は済んだんじゃなかったかい。

——そうよ。父のことは、これ以上、こちらから話すことはないの。今は、むしろ「あの人」のことに興味が移ってきたみたい。

そう言って、暖炉の上の絵を見上げた。

——やっぱりこの画家と一緒だったのね。そうじゃないかとは思ってたけど。だからといって、別にこの絵は気に入ってるから、外すこともないわね。

——外すって？

——ええ、「あの人」のことは、もう父も伝吉も亡くなってしまったから、何か私をこの世に繋ぎ止めてくれるひとつの絆と思ってたわ。生きてるかどうかは分からないけど。

新子は続ける。いつの間にか、笠原の興味の対象がむしろ「あの人」とかつての青年画家との関係に傾いてきている。笠原は画家の名を萩谷辰治と教えてくれた。もう物故作家になって、そこそこ絵が売れているらしい。

本当を言うと学校に行っている頃、「あの人」のことで周りの大人たちに遠回しに仄めかされたことはあった。それでも注意深く隠してきた父や伝吉の手前、世間と交わる機会の少なかった新子は知らない振りを通してきた。

坂田は新子の話を聞いていて、不快感を隠せなかった。新子の母のことはこの家のタブーなのだ。それをあの笠原という物書きが探っていて、新子も特別迷惑がっている様子も見えない。いつか、笠原にスケッチの途中で画家の名を尋ねられたことを思い出していた。

坂田は食堂のテーブルに座った。新子は台所に立って、スパゲッティの用意をしている。

——もうここに来るの、やめてもらったらいいじゃないか。

正直今更そんな話、新子にはその父親も伝吉もうまく隠しおおせたと信じて死んでいったのだ。それを公けに書くこともあるまい。

——どうも、「あの人」、まだ生きているらしいわ。

——そんなことまで笠原に分かるのか。

——ええ、その点はやはり取材網って言ってたわ、そんなルートがあるのね。

それから先、新子はもうその話は持ち出さなかったし、坂田も聞きたくなかった。

新子は時々放心したような表情をして、それでも坂田の視線に気付くと歪んだ笑いを浮かべた。何か無理しているようで痛々しかった。

11

ある日、恵子は事務所にやってくると、坂田に問わず語りに口を開いた。

こんなことは言っても無駄だろうと思ったけれど、笠原には話せたのね。あの人聞き上手、というよりも人から聞いた話を養分にして雑文を書いているようなものだから。

坂田さん、どこか別の惑星へ行ったような感覚を持ったことなくって？　そうねえ、もしかしたらちょうど月の表面の写真に似ていたわ。アポロ11号の月面着陸は一九六九年、私の生まれた年だし、何度もその映像は刷り込まれていたのかも。それともどこかの火山の溶岩ドームの斜面かしら。ちょうどその数年前に普賢岳の噴火があったし。

坂田はおもわず声を上げそうになって、ただ頷いた。

――ええ、そんなところよ。森閑として音もない、虚空。すっかり、燃え尽きて砂漠のような所にいるのよ。一本の草も生えていない。ええ、でもそのうちにやっと水が飲めるようになったわ。回復してきた。生き返ったのね。そうして、砂漠には植物が少しずつ芽を出して、その被膜に触っていると、どうにか生きる力を貰う。それからよ、私が植物をほんとうに身近に感じるようになったのは。そうしてね、あなたの生き方が初めて分かった気がした。

坂田はやがて静かに言った。

——そんな話を彼にしたのかい？

恵子は両眉を吊り上げて笑った。昔、こんな笑いを浮かべたことを思い出して不快に思った。

——だって、あの人、聞き上手なのよ。なんでも言いやすいのね。女って、そんな人に安心感を持つと言うか、甘えてみたくなるのかもしれない。どちらかと言うと自分の話ばかりしたがる男が多いでしょ。でも、どのくらい話したのかな。アポロ11号のことは言ったわね。その通り、あの小説に書かれているもの。女主人公にそういう台詞があったわ。

それからふっと気付いたように言った。

——坂田さん、あなたも聞き上手なのね。こんな話まであなたに言えるんですもの。今頃気付いたわ。

そう言ってじいっとこちらを見る。

恵子の普賢岳の噴火の話は自分と別れた時とは関係ないだろう。坂田は強いて、その頃の年代を思い起こそうとは思わなかった。

12

木津ちゃんが最近放心したように時々遠くを見ている。初めのころは何処か別の惑星からやっとこの地上に辿りついたように、その存在がふわふわと解体して、まだ居場所ここに定まらずという風情があった。体格も細身で手足が長く、頭が小さく、飛行物体に化したら効率が良さそうだ。静夫君のように園内に野宿して居ついたのではなく、新聞広告で応募してきた。もう三年になる。開園以来のスタッフが家業を継ぐために辞めるので、専門知識のある新しい人を雇う必要があった。それにあの頃は今よりも売り上げもよかった。木津君は農業関係の高専を出て神奈川の種苗店で働いていた。伊豆の山奥に来ることに解放感を覚えていたのかどうかは知らない。とにかく来たいというので雇った。給料も良い訳はないが、自由に任せているせいか、よく働いて成果も上げてくれる。いつまでもいてくれるとは期待してはならないと戒めているが、今では彼なくしてはハーブ園の経営は成り立たない。それに彼の自家栽培の野菜で坂田たちの食卓や、水野のレストランも潤っている。

いずれ独立して出て行くだろう。有機栽培の農場を経営したいと言っていた。少しずつ有志が集まりつつあるのも知っていた。十五年前の自分のように行き当たりばったりの成り行き任せではなく、この頃では有機栽培の生産者や販売のネットワークも、確立されている。木津は作物を作るのに盛んに土や肥料の改良を試みていて、熱心だからきっとうまくいくだろう。

そのうちに、もしかしたら木津にここを譲ってもいいと思っていた。新子が居なくなって、意欲が喪失していた。ただ、自分を隅っこにでも置いてくれたら、毎日好きな時間だけ働いて、後は野歩きでもして過ごすか。まだ四十半ばの坂田は楽隠居のような心境に時々陥る。自分の五十過ぎた姿は思い浮かべられない。それでも、この家屋敷は新子の名義だった。その居所が知れなくても、自由に処分はできなかった。

そうこうは言っても、毎年春になり、桜の花が開き、薔薇の赤い新芽が芽吹き、カモミールやラヴェンダーの花が蕾を付け始めると、元気が出てくる。

いまだ行方不明になっている孫娘の記念樹を見つけたお祖母さんの、懐かしそうな、さびしそうな笑顔を思い出した。東日本大震災のテレヴィ画像だった。「蕾が付いている」、そう呟いて、梅の若木の細い幹を自分の目許に傾けていた。

再生した新しい花の生命とともに一年の命を永らえたいと願う。この甦った生命を守るために、きっと秋まで奮闘することは分かっていた。傍からみたら、ガムシャラに働くだろう。ほんとは、植物に働かされてしまうのだが。

13

今日の恵子は、麦わら帽子を被って紺色のズボンを穿き、すっかり庭仕事の恰好になっている。

――ここにいると、気持ちが安らぐわ。何も気張ることも無いわ。只でいいから、手伝わせてよ。

そう、恵子は言ってここへ通ってくるようになった。

今、恵子はポプリを選り分けながら、言葉をつなぐ。

――妹の旦那、商売柄、作り話が多いのよ。時々、その手の話をすることがあるから、用心しなくっちゃ。別に大したことでなくてもいいのよ。ただ、食いつきが欲しいだけなのよ、笠原は。いつのまにか私も登場してるのよ。私が笠原らしい主人公の恋人になってるらしいわ。

坂田は答えず、薔薇の剪定を続ける口実で立ち上がった。五枚葉まで切り詰めるのだ。そうしたら二番咲きがある。それに垣根にしているツツジも剪定の時期だった。夏に入って来年の花芽を付ける前に、作業は終る必要があった。

――ハーブだけでなくて、薔薇のアーチもあるのね。わたし蔓薔薇が大好きだわ。

――少し派手にしないと客が来ないからね。でも特別に売りがないから、一時の物珍しさが過ぎたら、もう尻すぼみだね。

――お金を稼ぐのは何にしても大変だわね。

恵子は町のホテルでフラワー・アレンジメントの仕事を取ったと言う。ロビーに飾った花が評判になって少しずつ仕事が入るようになった。しかし、地方都市では需要は限られている。東京での仕事もこれまでの伝《つて》でいくらかあり、そこそこ生活はできそうだと語った。

——ここに住みつこうと、空家になっている別荘を買ったのよ。妹の家から車で十五分程の丘の上。遠くに海が見下ろせるわ。一度遊びに来て。

坂田はここ二月ほどで、それほどまでにこの地に執着を見せるようになった恵子に驚いた。鶯色の軽乗用車も買い込んでいた。

——また、元気を出すしかないわ。

恵子の晴れやかな笑顔を見て、坂田はつられて頷いた。

——何もかも失ったと思ってたけど、生きていれば何とか元気が出るのね。ここの植物達に勇気づけられたのよ。

——そういう力になれたのなら嬉しいな。

坂田は心底から言った。自分も落ち込んでばかりはいられない。恵子が離婚したことは聞いていた。妹の家にしばらく居候していたと思ったら、もう動きだしている。見事な回復力だ。それに引き替え、自分はいつまでも新子を喪失した空洞は埋まっていない。

恵子は今、園の中に咲いている花を適当に切り取って青磁の花瓶に活けている。やはり、プロらしい引き締まった造型だと口には出さないが感心して見ていた。何軒か、ペンションやレストランの生け花を請け負ったと聞いた。このハーブ園では生け花の手間代はいらない、その代わりどうせそのまま枯れることになる花を少し切り取らせてくれと言うので、坂田は頷いた。ドライフラワーやポプリにする人手も今月に入ってはもう頼んでいない。かえって恵子がきれいに花壇を整理してくれるようなものだ。

恵子はカモミールの白い花の脇にラヴェンダーとオレンジ色のキスゲを活けている。

——あのレストランにも花を飾ろうとしたら断られてしまったわ。構わないで下さい、自然のままで、この周りの緑だけで料理には十分ですって。あのマダムに。

坂田はただ微笑した。芳江なら言いそうなことだった。それに、恵子がここに出入りすることを心よく思っていないのは分かっていた。

——私の花ってそんなに馴染んでいないかしら。

——やっぱり、自然に生えているままが一番いいんでしょう、花には。

——そう、それが私の根本的な悩みなのね。わざわざ切り取って室内に飾る。花の死を早めているのだから。

恵子の顔が真剣に固まってきたので、坂田はそのまま離れた。

——でも、あのマダムだって、ハーブや野菜を摘み取って商売で食べさせるんだわ。

その背に恵子は追いかけるように言った。

14

その日、芳江がレストランの厨房口から出てきた。

——今晩は来て下さいよ。他に客もいないんですよ。町の絵の仲間たち数人ですよ。

——そうだね。

坂田は曖昧に頷いた。明日火曜日が休園日で今晩から自由な時間だった。勿論、他の日も仕事が終わる六時以降は各自自由時間なのだが、夜に伊東の町まで出掛けていくのもそのうちに億劫になったのか、若い二人も日頃は家にいて、男ばかり三人の食事を囲む。それでも、今晩は木津ちゃんも静夫君も出掛けると言っていた。一人で有り合わせの物でも食べようと思っていたのだった。

水野夫婦は自分の店を閉めてから、そういっても夜はほとんど客は居なかったが、月に一、二度友人を招待して料理を振る舞う。それぞれ酒や果物、肉や新鮮な魚等を差し入れして水野の料理を味わう。坂田は月に一度は必ず招待される。ときどき若い二人もお相伴に預かる。

かつて伝吉が住んでいた別棟を光熱費は別として、水野夫婦にただで貸している。水野夫婦はここに店を構えて七年になる。ちょうど自然食ブームの走りの頃で、別に農薬を使わないことを宣伝していた訳ではないのだが、このハーブ園の素材は鮮度や味がいいと評判になった。ハーブを使う、欧州風の調理法も一般の家庭でも取り入れられるようになっていた。古風な洋館をバックにハーブ畑が家庭雑誌に載ったりもした。

それでも、水野夫婦が離れの四阿を改造して、イタリアン・レストランを開きたいと申し出て来た時には、驚いた。水野はイタリアで修業し、妻の芳江は伝吉の遠縁に当たっていた。

——こんな、山の中に客が来るのかしら。

坂田が問うと、水野は胸を張って答えた。

——こういうところでのんびりと好きな料理を作ってみたかったんですよ。イタリアでは普通ですよ。アグリ・ツーリズモって言って。こんなに風情ある館があって、整った庭園の傍にハーブ園や野菜畑が広がっているでしょう。それに、景色も悪くないですよ。高台にあるから、丘の向こうまで、緑が見渡せるでしょう。

——ここのハーブや野菜を、食材に使わせてもらえればいいんですけど。

芳江が傍から口添えする。

——いいんじゃないかしら。あの四阿は、伝吉が住んでたところだし。

新子が言った。家賃は要らない、光熱費の実費だけでいいと新子は申し渡した。前もって、新子は芳江と話し合っていたのではないか、そう坂田は思ったが、別に異存はなかった。新子の所有する地所だったし、レストランで物好きな客が増えるかもしれない。

しかし、今のところ、客は増えなかった。水野夫婦は子供もいないし、二人でどうにか食べていけるぐらいが気楽でいいというのか。それならこちらの気持ちと相性はいいが、いつまで続くか正直分からない。

坂田にも子供は出来なかった。新子が四十を過ぎていると知ったのは、結婚で戸籍謄本を取り寄せた時で、それまでは二十八の自分より四、五歳年上と思っていた。その時、子供のことは考えなかった。新しい畑の仕事のことで頭がいっぱいだった。

15

真ん中にテーブルを四卓纏めて料理や酒や果物が並び、七人が周囲にてんでに椅子を持ち寄って座っている。皆、水野夫婦の絵の仲間で、今までに顔を合わせたことがあった。年齢的にはほとんど四十代半ばから五十代前半、坂田や水野夫婦と同年代だ。銀行、ホテル、建設会社と勤務先は様々だった。喫茶店経営の篠原由起子と水野芳江は高校の同級生で、この絵画クラブの世話役を買って出ていると聞いた。

――つまり、絵を口実にした体のいい飲み会なのよ。ここか私の店かで月に何回か皆で集まってるという訳。

由起子は言っていた。

坂田が入って行った時、皆の話し声がしていた。

仲間の一人が絵を描いてると、崖から花束を投げ入れる娘に会った。

「橋立岬」の話だった。

――ねえ、坂田さんも覚えてるでしょう。娘さんの写真を撮ろうとして後ずさりした母親が海に落ちて亡くなったでしょう。

由起子が端に座った坂田に話しかける。

坂田は曖昧に頷いた。

――しばらく話題になったよねえ。あんなとこ、地元の者しか知らないところだから、教えたものがいたんだろうが、誰だったか。

――でも、教えただけなら別に何も構わないじゃないの。柵がないことぐらいは注意したでしょうよ。あそこが隠れた自殺の名所だって、わざわざ教えるわけもないでしょう。

――あそこは気味が悪いよ。日が傾きかけたらこの俺でも行きたくないよ。もう今日は絵はやめにしようという時間にあの娘が来たから、成り行き上、並んで黙禱して国道のバス停まで送ってやったさ。

――おい、へんな下心はなかったのかい。

――御免こうむるよ。なんだか幽霊みたいな青い顔して、自分も飛び込むんじゃないかと、正直ぞっとしたぜ。

――やっぱり、何かあそこに積もった霊が引き寄せるんだよ。

――でもさあ、もうあれから三年が経ってるよね。

――そうだね。でも残された娘さんにしたら、気持ちはどうだろうね。

――事故だっていったってねえ。

――どうしてもここに引き寄せられますって言ってた。

――もう、止めましょう。そんな気の沈む話は。

芳江が突然、叫んだ。そのあまりに唐突な口調に一座が白けた。

由起子が坂田の傍に来て座った。

――坂田さん、あんたんとこの若い衆、このごろよく見掛けるわよ。

坂田は頷く。

――うん、いろいろ得意先ができたからね。毎週配達に行ってるんだ。

――別の配達もしてるんじゃない?

由起子が幾分卑猥な笑いを浮かべる。坂田は居心地悪くなり、言葉に詰まった。

――ほら、また由起子。お酒が入ると変に絡むんだから。家のオーナーは堅物だから困らせないでおいてよ。そうじゃなくても、やっとお出まし頂いたんだから。

芳江が赤ワインの瓶をこちらに差し出しながら言う。

――お出ましなんて柄じゃないよ。

坂田はますますたじろいで、ワインを片手で断って、あわてて手許のビールをぐいと仰いだ。どうも芳江といい、由起子といい、こちらをただ構っているだけなのか、揶揄しているのか、いつの間にか踏み込まれそうで苦手だった。調理に集中している水野は別として、他の三人の男たちは坂田に女たちの注意が集中することが気に入らないらしい。内輪の話題に没頭する振りをして、鰯の酢漬けやジャーマンポテトで焼酎を飲んでいる。

――お宅のトラックに女が同乗してるのよ。ここの従業員じゃないわよね。見たことのない顔だわ。

芳江がすぐに反応した。

――佑子先生のお姉さんでしょう。オーナーは昔馴染みだったとか。

坂田は面と向かって恵子のことを言われて、赤面した顔をグラスで隠した。誰にも恵子との話をしたことはなかった。きっと芳江はピアノを習っている佑子から聞いたのだろう。

――髪をソヴァージュにしたほっそりしてきれいな人でしょう？　フラワー・アレンジをしているのよ。

――ああ、そうなの。垢抜けした感じで、何かお宅の若い衆とは不釣り合いなのよ。だから良く覚えているわ。

芳江はこちらの顔を窺うようにしばらくテーブル越しに見ている。

坂田には二人のことを聞いても何で？　という印象しかなかった。しかし、そう言われれば思い当たる節はあった。恵子が自分目当てに農園にしょっちゅう来るとは思っていなかった。別に昔、反目したり、傷付け合って別れたのでもなかったから、少なくとも坂田はそう解釈していたが、ある馴染みと安心の感覚があるのだろうと思っていた。ましてや、妹一家が傍にいるといっても恵子にとってある意味、根無し草的な、新天地であることには代わりはないのだから。

根無し草？　それでは自分は違うというのか。傍から見れば、この地にもう十五年居を構えて広大な地所を曲がりなりにも経営している自分は、根を下ろしたと言えるだろう。しかし、そんな感覚はあまり無かった。

ただ新子がいる間はもっと地に足が付いていた。この土地で植物を育てようと思った。地中に根を下ろして、毎年少しずつ変化しながら育っていく植物を。子供ができれば意識は変っていたのかもしれない。しかし、現実には居なかったからなんとも想像のしようがない。

テーブルを見回してみて、それぞれどんな家庭を築いているのか、子供はいるのか、坂田はそれほど親しくないので分からない。水野夫婦にも子供はないが、そうと知ってか、一同は子供の話題は全然出なかった。

それまでの男同士の話の輪から、建設会社で働いている関野がこちらに振り向いた。

——その人なら分かるよ。オーナーの知り合いだったの？　ウチで内装やら庭やら今手を入れてるから。

——ああ、そうか。確か新しい住まいを捜したとは言ってたね。

——あらそう？　ねえ、どこなの、その家。

由起子のあけすけな問いに、関野はあっけらかんと答えた。

——ほら、あのユニーに行く途中の園芸店の裏山だよ。十年程前に東京の人が別荘代わりに建てたんだけど、ここ二年ばかり空き家になってたんだ。

——あら、あんなところに家があったの？　前の道はしょっちゅう通るけど、気付かなかったわ。

芳江が好奇心丸出しにチーズを齧りながら言う。

——いい隠れ家なんじゃないの。

由起子の蓮っ葉な物言いに、関野は揶揄するように笑う。

——別に隠れる理由もないだろ。なんだかやっかんでるみたいだぜ。

——あーら、厭だ。

由起子は関野の背をどやしつけたので、彼は焼酎のグラスを大袈裟に傾けた。

それを契機に一座は大いに盛り上がり、喚声や嬌声が混じる。

坂田はそっと立ち上がって座を後にした。

ちらりと振り返ると、水野がすまなそうにこちらに会釈をした。

その夜、木津ちゃんも静夫君も夜中頃帰ってきた。軽トラックに同乗していたからといって、ずうっと一緒だったという訳でもないのは知っていた。

恵子と木津の噂の真偽の程はまだ分からない。しかし、その話は坂田には気重なものではなかった。それよりも、むしろ前途に明るい光りが差すようだった。少しでも自分の周囲が華やいで、新しい力が甦って来るのは元気が出ることだった。自分のことではないのに不思議だった。

16

その娘が最初に訪ねてきたのは、まだ新子が居る時だから三年前になるだろう。

初夏のことだった。新子が一人で応対していた。坂田は畑でハーブの草むしりをしていて、若い女が母屋に入って行くのが見えた。一人で車ではなく歩いて来るのは珍しかった。大抵女同士で賑やかに入って来るか、男に車を運転させてやってくる。

受付を済ませてこちらの畑に廻って来るかと気にしていたが、一向に出てこない。新子に何か質問しているのだろう。この頃急に農作業を手伝うようになっていた新子だったが、もともとあんまり詳しくはないし、説明も下手だからなあと思って見ると、女はそのまま入口の蔓薔薇のアーチを潜って帰って行った。

坂田はしばらくして玄関ポーチに出てきた新子に尋ねた。

――客じゃなかったのかい。

――違ったみたい、聞いてきた場所と。

——ああ、そうか。

それ以上、新子も説明しないので坂田はそのまま畑に戻った。

その女が一月ほど経ってまた訪ねてきた。その怒った肩とショートカットの髪に見覚えがあった。受付に居る坂田に、しばらく胡散臭そうな視線を投げる。こっちの方こそ何の用か問いたいところだ、と坂田は苛立った。まだ二十歳前の学生に見えた。女は周囲を見回しながらいきなり聞いた。

——奥さんは？

——今いないんだけど。

——何時頃帰られます？

——さあ。

新子が家を出て半月程経つとは言わなかった。

女は探るようにこちらを見ていたが、にやりと笑った。

——隠してるのね。

坂田は一瞬驚いた。女は新子の出奔を知っていて、こちらが黙っていると疑っているのか。しかし、勘違いだった。ただ妻を庇って出さないと思ったらしい。

――何も逃げることはないわ。ただ、確かめに来ただけなんだから。

――何を確かめに来たんだい。

――あの時、なんで「橋立岬」のことを私たちに教えたのか。

そう言って食い入るように坂田の背後の壁を見る。

坂田は「橋立岬」と聞いて、記憶が動いた。娘をテーブルに座らせた。女は直美と名乗った。

17

その日、母と二人で伊豆に来ていました。あの吊橋は二度目だったわ。直美は話し出す。もう、新子が居ないことも気にならないのか、誰かに話を聞いて欲しいのか。一人で続ける。

急に二人でどこかへ行こうと決めて出てきました。実は母と会ったのは数年ぶりでした。私がまだ六歳のころに家を出たのです。私が大きくなって母から連絡があり、たまに会うようになっていました。もちろん父には内緒で。仲の良い母娘を二人とも意識して演技していました。そうでもしないと気詰りな沈黙に陥りますからね。

吊橋へ続く道の途中に茶店があるのは知っていました。いつか父と初めて来た時に紅葉饅頭を買ったことがあるんです。知ってるでしょ？

あの手前の小さな空地に猫がいたんです。毛並のきれいな三毛猫でした。私はそんなに猫好きでもないのに、なぜだかあの猫には引かれたの、というよりも引かれた振りをしていました。初めて母と二人きりで遠出して、次第に疲れていました。仲良くするのに気を使いすぎたのでしょう。猫を見たら、ほっと救われた気がしたんです。

私は地面に屈み込んで猫の背中を撫でていました。気持ちよさそうに、猫は喉を鳴らしたりするんです。

――もういい加減にしなさいよ。

母が次第に苛々して言いました。

――野良猫は病気を持ってるかもよ。

――だって可愛いんだもの。こんな猫、欲しいわ。

――駄目、駄目。ママが動物嫌いなの、知ってるでしょ。

そんなこと知るはずはないよと思いながらも、よく分かっているという風に黙っていました。もしかしたら、母はすでにその女の人が近づいて来るのに気づいていたのかもしれません。

急に猫が背後を睨んでううっと唸ったので、私は驚いて振り返りました。女の人が立っていました。母より少し若い、黒のTシャツにグレイのパンツ姿の小柄な、どこでも見かけるような普通のおばさんに見えました。猫に構っていて、その人の足音に気付かなかった。でも、その人、立ち去る時もほとんど物音を立てない人でした。

母は同意を求めるようにその人に微笑しました。

――ねえ、この猫、野良猫ですよね。

そんなこと聞いても、この人に分かる訳は無いのに。でも、どうしてだか私には分かったわ。この人、この猫を知ってるって。

その人はこう言った。

――どうかしら？　あまり見掛けないけど。野良猫かどうかは分かりませんね。

関わり合いになりたくないので、嘘をついてると思った。

――そうですか。

母は相手の素っ気ない返事で、むしろ気持ちを引かれたように猫を見つめたの。

──でも、毛並みは綺麗だわ。やっぱり飼い猫かしら？

母の視線に釣られて、女の人は気に添うように言ったわ。

──そうね、飼い猫かも知れないわ。

母は屈みこんで三毛猫の喉の下あたりの毛を愛撫し始めた。猫は気持ち良さそうに目を細めて喉をゴロゴロ鳴らしだした。

──ママ！　ほんとは猫、好きなのよ。そうでしょ。

私は弾けるような声を上げました。

──違うわよ。でも、この猫はなんだか気になるわね。黙ってこっちを見ているからね。

女の人は会釈して行き過ぎようとしました。

母親が呼び止めた。

──すみません。ちょっとシャッター押して貰えます？　なかなか二人の写真が撮れなくて。

そう言いながら黒のボストンバッグから小型のデジタルカメラを取り出したの。母はカメラに集中していたけど、迷惑じゃないかしらと私は素早くその人の顔を見たわ。無表情だった。というよりもむしろ、何か憤りを押し殺しているように見えた。でも、次の瞬間には愛想笑いを浮かべて、カメラを受け取っていたわ。だから私の勘違いかなと思い直した。

私は三毛猫を抱き上げて、カメラの方へにっこりと笑った。猫も気持ちよさそうに胸に抱かれたまま、ポーズしているみたいだった。とにかく、母と一緒に撮った写真は大人になってからはないんです。子供の頃のはいつの間にか、父が片付けていた。私も敢えて見たいとは思わなかった。精一杯幸せな顔をしたわ。

きっと母も、嬉しそうにカメラに笑いかけてたでしょう。母は幸せそうだった。私以上に。

その人はほとんど構図も確認しないで、急いでシャッターを切った。猫から視線を外しているように見えた。ガシャンとシャッターの切れる音が辺りの静寂を破った。その音に私はピクリと身体を緊張させた。一瞬のうちに身体を断ち切ってしまうような音でした。いつか映画で見たギロチンの刃が落ちる時、こういう音がしたわ。

カメラを返すとその人はそのまま一礼して歩き出した。母はきっと興奮してたのね。二人で写真に納まったのは記憶する限り、初めてのことだったから。もちろん私の子供のころ撮ったことはあったでしょうが。

——あのぅ。

母がまたその人の背後から呼んだんです。

——すみません、土地の方ですか？

女の人は振り返った。

——ちょっと教えて下さい。今、あの灯台と吊橋まで行ってきたんですけど、まだ帰りのバスまで時間がかなり残ってるんです。どこか、いいところをご存じないですか。海が見える、穴場のようなところを。

その人は立ち止まってしばらく考えているようでした。

——そうですねえ。穴場ですねえ。

それから瞬間、思い当たったように答えました。

——ああ、あそこがいいわ。あそこなら観光客は誰も来ないし、海が独り占めのように見えます。

——それ、どこですか。

母は詰め寄るように迫っていました。先程までの、戸惑いがちに臆病に猫を見下ろしていた時の、ゆったりした雰囲気が一変していたんです。どうしたんでしょう。

――そんなところ、是非、行ってみたいわ。

私は、幾分気がかりで傍に寄って行きました。

――ママ、あんまり張り切らない方がいいわよ。もう私は十分だわ。

――いいじゃないの、この方が穴場を教えてくださるって言うんですもの、誰も行かない。

母はなぜだかケタケタと笑った。どうしたのだろう。あの猫を触って、まるで何か吹っ切れたように、先程までのためらいがどこかに吹っ飛んでしまったようでした。

女の人は母の気迫に押されたのか、つい気持ちが嵩じたように言いました。

――それはいいところですわ。「橋立岬」です。この道を左にしばらく行くと、そうですね、二百メートルほど行くと、右手に小さい小径が林の中に付いています。その道をそう、百メートルも行くと、一気に林を抜けて、海に突き出した突端に出ます。草原の小さな空き地になっていて、晴れた日はお弁当なんか広げるといいですよ。

――ああ、それはいいですね。いい写真が撮れるかも知れないわね。あんたのお見合い写真よ。

——いやだ！　夕方、人気のない海がバックなんて、ちょっと気持ち悪いよ。

女の人は母娘で始めた遣り取りに、ちらりと短い視線を投げかけると離れて行った。

私たちは言われたままに、道を左手に遠ざかって行きました。

一つの声が追ってきました。

——あのう、ちょっとぉ？

私たちはすぐに振り向いた。誰もいない静かな道は両脇を雑木林で囲まれていても、声はここまでよく響いてきたんです。

——気をつけてくださいよ。防護の柵も何もないから。油断したらすぐに崖ですからね。

私たちは手を上げた。

——どうもありがとう。

——ご親切に。

口々に親子で叫びました。

18

――それだけなんですけど。

坂田はすぐに事件を思い出していた。

――あの時のご遺族ですか。ご愁傷さまでした。それで？

直美は正面から坂田を見据えた。その視線の一途さに坂田は思わず瞬きした。

――奥さん、あの時、変でしたよ。今になって思えば、何か特別な感情があったんじゃないかと思うんです。例えば……。

――例えば？

――あの時、吊橋に行こうとして、道を林の脇に逸れる女の人がいました。黒っぽい影のようにしか見えませんでした。それとは別に遠くに吊橋を渡っていく、中年に見えたけど、男女の後ろ姿があったわ。人影はそれだけでした。奥さんにこの前確かめたら、吊橋には行っていないって。

――そんなことを妻に聞く必要があったんですか。

坂田は次第に苛立ちを覚えていた。

――ええ、不躾だったでしょうか。でも、さっき言いかけたんだけど、私は感じたの。何か私たち母娘に嫉妬してるとか。

坂田は一瞬黙って娘を見つめた。しばらくして、静かに言った。

――そのことを妻に言いにわざわざいらっしゃったんですか。

――奥さんには大切なことのような気がしたんです。あの時は仲の良い娘役をするのにもう疲れて精一杯だったんです。本当言うと、母が死んでもあまり悲しくないんです。でもどうしてだか、空っぽになってしまった……。母の死体を見たからかも知れません。

坂田はまた、神経質に目をしばたいた。衝撃が少しずつボディー・ブローのように利いてきている。

――そのことを奥さんに言いたかったんです。奥さんなら、何か答えを知っているような気がして。

坂田はゆっくり息を吐いた。

――それで、妻は何か言いましたか？

——あなた、お母さんを殺したかったんだねって。そうだったんでしょうか。もしかしたら……。そう考えると、その罠から抜け出せそうになくて、それでまた会いに来たんですけど……。でも私、今思うんです。きっと奥さんの方がもっと傷ついているかもしれないってね、あんなこと言ってね。でも奥さん自身がそう思ってたんじゃないですか。なんか、そんなことがあるんじゃないですか。

19

その日、坂田は食堂の椅子に座ってテレビを点けた。何か事故があったらしい。いつも見る地元局のレポーターが暗闇の中で興奮している。

——どうしたって言うの？

サラダを運んできた新子が覗き込む。木津はその晩伊東の町に出かけていた。

テレビの画面では、真っ暗な草原のような所にライトが当たっているが、ただそれだけで何も特定できない。

——ほら、あの「橋立岬」だよ、吊橋近くの。ここの者じゃなかったんだね。よく分からなかったんだよ、あそこが危ないってこと。

画面は少し動いて、漆黒の深い地割れのような裂け目を映し出す。

——ここから覗くと、もう暗い海はとても深くて不気味です。まるで地獄へでも吸い込まれて行きそうです。

レポーターは、怖々という引きつった顔をしてみせる。

——でも、どうして知ったんだろ、あの場所。

——何が起きたの。

——うん、女の人が「橋立岬」から海に転落して死んだ。四時頃だって言ってる。何も気付かなかったな。消防や警察のサイレンはこっちの方は通らないから。港から捜索に出て行ったのかな。

新子は黙ってサラダのボウルを置いた。

——娘の写真を撮ろうとして、海を背にしてファインダーを覗いたまま、後ずさりしたんだ。そのまま……。

坂田は両手を拡げた。

ぽつりと新子が言った。

——あんな高い崖から落ちた人の遺体って、無残でしょうね。身元確認して引き取るの、その娘さんの役目かしら。

——誰か呼ぶんじゃないの、父親とか兄とか。若い娘一人では残酷すぎるよ。

——そうね。そうだったらいいけど。

直ぐに新子は台所へ戻った。

20

恵子が甥の茂樹を連れて遊びに来た。佑子のピアノのレッスン中、預かっていると言う。恵子は茂樹の手を引いて園内を歩いている。

——子供が好きという訳では無いけど、なんだかこうしていると落ち着くのね。

茂樹はもうすぐ四歳になると言うが、なかなかすばしっこく、木津ちゃんが耕している畑に興味を持ってせがむので、恵子は手を離した。

——お兄ちゃんの仕事の邪魔しては駄目よ。

いちおう恵子は注意を与えるが、坊やは耕して土が盛り上がっている箇所でバッタを見つけて手を引っ込めて怖そうにひるんだ。その様子がおかしくて坂田は恵子と一緒に笑った。本当言うと、笠原に縁のある者にあまり近づいて欲しくない。けれど子供に罪はない。それに罪なんて大げさな言い方だ。

木津ちゃんは去年の暮れに百合の球根を植えた。

——夏になると立派に花が咲きますよ。ハーブばかりだと地味だから、縁取りに百合畑の一角があってもいいでしょう。

——そうだね。

坂田も賛成した。その新しい芽が今はかなり背丈が伸びた。だんだんハーブ園らしさが無くなって、薔薇の花壇やら、石楠花、アイリス、ルピナス、グラジオラス、ダリア、そしてマーガレットの草原などが増えて、庭園としての存在感が際立ってきた。その半分でハーブと共に有機野菜を作っているという有り様で、坂田はどちらかというと、もう庭の手入れの方に専念していた。

野菜を契約している旅館やレストラン、そして市場に卸し、ネットでハーブ苗やその加工品を売ってどうにか持っている状態だ。

恵子がツツジを剪定している坂田を見ながら言う。

——ねえ、もうなかば楽隠居みたいじゃない、その後ろ姿は。

——そうかね。

坂田は別に気にも止めない風に剪定鋏を動かす。

——いっそ、植木屋さんにでも転職した方が合ってるかもよ。今からでも遅くないわよ。

——そうかもしれないね。

——でも、この伊豆じゃあ、植木屋さんもあり余っているのかしらね。

——さあ、どうだろうかね。小振りなペンションやレストランはみな自分たちで手入れするからね。

そう答えながら、自分がこの広大な農園の経営者であることはほとんど忘れているのだった。恵子自身が、そういう目で自分を見ていない。いつまでも彼女には自分は軽く見えるのだろう。

ふっと、いつかの木津と恵子の噂を思い出していた。二十八歳の彼と比べたら、適いっこないなあ。坂田は一人で苦笑した。

21

その日は休園日だった。坂田には特別趣味というものがなかった。それでも、日頃仕事着にしているコットンパンツがかなり傷んできたので、出掛けた。他に適当な衣料品店を知らないので、つい手頃な大手スーパーに入る。気に入った品もなかったので、一階に降りて昼食に何か見繕うつもりでワゴンを押していた。

――あら、珍しいわね。

声を掛けられて振り返ると、恵子だった。そういえば、この近所に家があるといつか聞いたことがあったと、かすかに思い出した。

恵子は坂田がワゴンに入れていた昼食用のラーメンの包みを素早く見た。

――よかったら、家にいらっしゃいよ。スパゲッティを作るわ。

坂田が躊躇していると、熱心に続ける。

――やっと手入れが終って住み始めたの。まだお披露目もしてないわね。ちょうど良かったわ。私のために祝ってくれない？　他にお相伴してくれる人もいないから。

木津がいるだろうとは思ったが表情には出さない。それに恵子にそう頼まれると断れなかった。昔、ここまで訪ねてきた恵子を押し返すようにして、新子と結婚したということで、今でも幾分負い目を感じているのかもしれなかった。

恵子の家はスーパーの裏手の道を二百メートル程登った坂の中腹にあった。

——こんな近くでも坂道だから、買い出しは車なのよ。

そう言いながら、鶯色の小型車に乗って坂田のライトバンを先導した。

——なかなか小綺麗な家だね。

坂田は車二台分の駐車スペースの、小型車の脇に停めると、降りながら家を見て言った。

——そう？　築十年っていうけど、前の持ち主は画家だったらしくって、壁や床に絵の具の痕がかなり残っていたわ。だから内装は新しくしてもらったの。

家に入りながら恵子は言う。

玄関を上がるとすぐにリビングに続いて、大きく開口部をとった硝子窓から、百坪程の芝生を張って草花の植栽された庭と、奥の雑木林の向こうに海が見渡せた。

——表からだと林の中に見えたけど、わりと平地が開けてるんだね。

坂田はしばらく庭を見ていた。まだ手入れはさほどされていない。芝生にはあちらこちらに雑草が見えたし、石楠花やツツジも伸び放題で形が整っていなかった。

小振りなグレイのソファを置いた正面の壁に三十号程の油絵が一枚掛かっている。坂田の視線に気付いて、恵子は説明する。

――屋根裏に未完成の絵が何枚か残っていたのよ。不動産屋に訊ねてもらったら、先方はそのまま処分していいって言うから、頂いてしまったわ。でも、かえってこの余白の部分がいいと思ったのよ。

坂田は半ば独り言のように呟く。

――どこを描いたんだろうか。どこかの庭の一角のようだけど、これだけ曖昧だと分からないね。もっとも、庭っていうのはどこでも似たようなものだけど。

――そうね。見る人の直感に拠るんじゃなくって。私、この絵を見たときにすぐに、あなたの、あのハーブ園を思ったわ。

――そうかしらん？　よくは分からないな。

坂田は内心ではそういう気もしないではなかったが、用心して答えた。

恵子が自分を招いたのに、何か意図があるかもしれないと警戒していた。それに、先日由起子たちが話していた木津との事があった。

それにしても、夫と離婚した後、すぐに中古とはいえ一軒家を買い、新車を調達できるのは、恵子は自由になる金を持っているのだろう。

――ちょっと待っててね。そのソファに座っていてもいいし、辺りを見ててもいいわ。

そう言いながら、恵子は台所でお湯を沸かし、スパゲッティを茹でる準備を始めた。

昔、恵子のアパートを訪ねた時のことを思い出した。恵子はあの頃は弟と一緒に住んでいた。妹の佑子のことはそういえばまだ高校生で実家にいると聞いたような気がした。弟の名は忘れていたから、今さら口に出すのも気後れした。坂田には何か敵意を抱いていたようで、向こうから近づかなかった。姉の恋人は煙ったい存在であったろうし、自分のような無愛想な男では親しくなる相手でも無かったかもしれない。

当時の恵子は料理や掃除など家事はあまり好きでは無かった。もっとも結婚前の若い女が積極的にする仕事ではなかったろう。一度だけ、昼食を作ってくれたことがあった。きつねうどんだったことはよく覚えている。薄い色の出し汁だったが、昆布の味が利いてうまかった。

――東京に来て、真っ黒な汁でこれがうどん？　って驚いたわ。

その時恵子と一緒にテーブルを囲んでいて、妙に神妙になった。というより、気が滅入った。こういう生活は続けられないと思った。恵子が無理している様子が分かった。もう二十年も昔のことだ。

ボンゴレのスパゲッティは肉の厚いアサリの鮮度の良さも手伝ってなかなかの味だった。

——こうしてまた、二人でテーブルを囲むのは不思議な気がするわね。

恵子が坂田のグラスに白ワインをつぎ足しながら笑いかける。

——そうだね。

坂田は短く答えた。

——お互いにそれぞれいろいろあったものね。

そう言われても、別れてからの恵子のことを詳しくは知らなかった。

——いつか、この伊豆に訪ねてきたことがあったわ。もう、あなたは忘れたでしょうけど。その時は、また戻ってくるとは思わなかった。しかも、ここにこうして家を買って住みつく気になるとはね。

坂田は曖昧に頷いた。あの時、恵子が別れ際に何を言ったかもう覚えていない。しかし、去って行くその後ろ姿が寂しそうで、自分のような者でも頼りにしていたのかと気が咎めた。しかし、その後すっかり忘れていた。数ヶ月前ハーブ園に現れるまで。

——幸治さん、笠原のこと、あんまり気に入らないのね。

急に問われて、しかもファーストネームで呼び掛けられて返答に窮した。

別に、と口を濁そうと思ったが止めにした。

しばらくこちらを眺めていた恵子は、やがて首を傾げて頷いた。

——そうなのよ。あの人、しようがない人なの。でもね、あの人のお蔭でこうしていられるということでもあるの。

坂田は顔を逸らした。

——そうね、今はその話止めとくわね。

恵子が何を話したいのか幾分予想できるような気がした。いずれ、聞かなくてはならない。避けてばかりはいられない、こうなった以上は。

坂田は続けてという風に、頷いた。

22

――たったスパゲッティ・ボンゴレ一皿で聞かされる方も迷惑よね。でもね、坂田さん、あなたにも考えて欲しかったのよ。

そうして恵子は話し出した。

こんなことは彼が書いたものの内容とはちっとも関係があることではなくて、でも、彼の書いたもの読んだことあって？　勿論、ないわよね。場所の問題なのよ。その土地の力と言うか……。

そうして恵子はしばらく黙った。自分でも青臭い文学好きの女学生のような台詞だと思ったのだろうか。

そこには背後に削り取られて剝き出しになった山肌が迫っていた。右手には一本の村道が村を貫いてその採石場になった山裾まで続いている。今日は作業がないのか、道端に一台のダンプカーが停まっていて、高い車体にイモリのように貼りついて、捩り鉢巻にトレパン姿の男が車磨きをしている。その他には人影は見えず、昼下がり、村は静かに眠ったように動きを止めている。視線を左に向けると、村道から分かれた舗装道路が坂道を昇り、やがて周囲の灌木に覆われてその先は見えない。その道を辿ってしばらく行くと、急に視界が開け、広々とした台地があった。一軒の洋館が、車寄せを持って整形された前庭の向こうに聳えている。しかし、今は荒れ果てて昔の面影はない。世間から忘れ去られたその館には、一人の女が老僕と一緒に住んでいる。

そこで恵子は言葉を切って坂田を見つめた。

——そう、確かに、無視出来ない状況だね、その場所は。

——ええ、そうでしょう？　いつか、あなたに聞いた話、忘れてはいなかったのね。そこには、葡萄の木があるのよ。あなたは葡萄畑を作るって言ってたわね。

——そうだったかしら。

葡萄の木は一本植えたが育たなかった。湿気が多く水はけの悪い、腐葉土のハーブ農園は土地が合っていないのだろう。もう、葡萄畑の話はしたくなかった。ひとつ別の失意の味がした。

恵子は続ける。

——坂道を登って一気に視界が開けた。車寄せや花壇の正面に屋敷があった。……これが笠原の小説の出だしなの。

坂田は口を挟まなかった。どういう方向に恵子の話が行くのか見当がつかなかった。恵子はしばらく黙った。

——仕方が無いことだったのね。あの人、笠原は場所を拵えてしまうのね。その世界へ入ってしまったら、なかなか抜け出せないのよ。私がそうだった……。あなたが居た農園も、館も実際には見たことはなかったわ。そうでしょう。あなたは駅で待っている私を国道沿いのファミレスへ連れ出した。ちょっと困ったように迎えにきてくれた。すぐに分かったわ、私が来たのが迷惑だったって。いいのよ。別にあなたを責めてるんじゃない。ただ、私の中で、あの時あなたに聞いた場所について、想像力だけがひたすら膨らんで行った。……笠原にあなたに聞いたその場所のことを話したのは、私なの。

23

「それは、興味ある場所だね。いくらでもロマネスクな話がでっち上げられそうだ。」

聞いた笠原は言った。私はこう答えたわ。「そうでしょう。彼がその館に住みついたのは分かるわ。私なんか、何の取り柄も無い、ただ学生時代に関係があったと言うだけで、一介のＯＬにしか過ぎなかったから、振られても仕方がなかったわね。」

――あら、べつに恨みがましいことを言ってるんじゃないの。

恵子はこちらを見て言った。

――もう今では、あなたと私との間に何の感情もないでしょ。ただ、笠原が、何か題材を捜していたようだったし、伊豆と聞いて思い出しただけなの。つまり、あなたを素材として笠原に提供したということかしら。

笠原があなたの家に近づいたのには、縁があったのね。狭い土地柄ですものね。妹があなたのハーブ園に、何度か通ったことがあったから、笠原も知っていたのね。でも、私が話した場所が、そのハーブ園のことだとはすぐには分からなかったみたい。

私が笠原に語った、丘の中腹に立つ古色蒼然とした洋館のこと、そこに一人女が老僕と一緒に世間から離れて住んでいること。そのイメージからは現実のハーブ園は程遠い気がしたんでしょう、もう老僕も居なくってあなたたち夫婦がいるだけだったから。

笠原が自分の小説の舞台に使った家ということで訪ねてみて、あなたがいるって分かったの。でも、そう驚かなかった。笠原が、あなたの居場所を探してくれたんだわ。

――笠原のことは、坂田さん、許していないのね。でも、あの小説は新子さんの母親の話なのよ。岩見亮子という。

坂田は何も答えなかった。

――でも結局、あの小説と同じように現実にも筋書きが進んでしまったんですものね。

恵子は声を低めて付け加えた。

坂田はテーブルから立ち上がった。

――長居してしまったようだね。

その時、車が急発進する音が聞こえた。聞き馴れたエンジン音に思えた。

木津がいつも運転している軽トラックの音のようにも聞こえた。自分のライトバンを見て引き返したのかもしれない。厄介なことになったと考えた。

恵子はこちらの気持ちを察したのか、坂田をしばらく見つめた。

――いずれ、あの人もいろいろ知らなくてはいけないわ。

坂田は曖昧に頷きながら、恵子の家を出た。もう山陰になった辺りには夕闇が迫っていた。

24

あの時発進していった車は木津の軽トラックだと今ではもう疑わなかった。

木津は食堂のテーブルで、ぼんやりとテレビを見ながら何か食べていた。今日は火曜日で休日なので、食事は各自が自由に取る。

――お帰りなさい。

いつものようにテーブルの向こうから木津は声を掛けた。

近くで見ると珍しくコンビニの弁当を食べていた。木津は食べ物には拘りがあって、ファーストフードに手を出すことはあまりなかった。

坂田は恵子の家でスパゲッティの後、勧められるままワインを飲みながらいろいろ摘まんでいたので腹は空いていなかった。木津の態度には何ら拘りは見えなかったので、一瞬あの車の音は勘違いだったのかとも思ったが、いずれにしても、そのうち恵子が説明するだろうと気にしないことにした。

しばらくテーブルのこちら側に座ってぼんやりしていた。

——やっぱり、休みだと静かだねえ。ラ・ピアンタも灯がないし、もうしばらくしたら、真っ暗で取り残されたみたいに思えるねえ。

——そうですかぁ？

木津は怪訝そうにこちらを向いた。もう弁当を食べ終わって、坂田と自分に茶を淹れて差し出した。

——うん、これまではあんまりそんな気はしなかったが、どうしてだろう。急に森閑と静まり返った気がしたな。

木津はこちらの気持ちを測りかねて、それでも何か察したのか、ただ黙っていた。

——静夫君は出掛けたの？

――いいえ、もう自分の部屋に引き取って数独をしてますよ。

――ああ、数独ね。おもしろいのかしらん？

――ぼくはすぐに飽きてしまったけど。何か一人の世界に浸れるようですね。それでどこか世界と繋がっている気持ちになるらしい。

――世界と繋がるねえ。まだ健全だね、私みたいにただ漫然と植物をいじっているよりは。

木津が思い切ったように言った。

――社長、少しネットを見てくれますか。その方がいいですよ、僕も。

――いや、いいよ。君に任せるよ。私は苦手なんだ。

木津がそうしたことを言うのは珍しかった。やはり何か屈託があるのかもしれない。坂田はそのまま自室に昇る階段の途中で聞いた。

――風呂は湧いてるかしら？

――ぼくも静夫君もシャワーですませましたから。

――ああ、そうだね、シャワーね。それもいいね。

部屋に戻ると坂田は壁側に置いた長椅子に身体を伸ばした。

恵子が現れてから、何か状況が動きそうな気配を感じていたが、それが次第に顕在化してきている。といっても恵子から直接というより、彼女を囲んでいる周りからじわじわと余波が押し寄せてくる感じだった。

笠原の小説のことは深入りしたくなかった。恵子は何か話したそうだった。むしろ、じれったそうともいえた。どうして自分の妻に関することをもっと興味を持って見ようとしないのか。笠原の小説から何か情報が取れるとしたら、立ち入ったほうがいい。初めから先入観を持たずに。そう言いたそうだった。

坂田は確かに、自分がいつも逃げているという負い目はあった。笠原のことは考えたくなかった。新子が出て行ってから、ほぼ三年近くになるというのに。

坂田は改めて部屋の中を見渡した。天井は高く、二十畳程もある広い個室だった。新子と結婚して、その父親がかつて使っていた部屋を坂田の居室とした。居室としては一番見晴らしも位置取りも良い部屋だった。新子は廊下を挟んで向かいの部屋を結婚前のまま使っていた。

ここに住んでほぼ十五年になった。結婚する時に、この部屋にあった家具調度の類は全て処分して、何もないがらんどうな部屋に改装した。処分するといっても、それまでの不如意な生活で伝吉が売り払ったのか、めぼしい品は残っていなかった。壁の羽目板を薄茶色に塗り直し、床の絨毯を剝がしてコルクに張り替え、鉄製のベッドと机が一つ、そしてこの長椅子と洋服ダンスが入った。

夜になると、新子の部屋に行ってベッドを共にすることもあったが、必ず自分の部屋に戻って寝た。それも、最初の二、三年で、後はほとんど身体の関係はなかった。別にそのことを新子も不満に思うことはないようだった。この家屋敷と新子の穏やかな庇護の下にいると、坂田は安心だった。

坂田は殺風景な広い部屋を見渡した。この部屋には新子の思い出の品はない。それが坂田を安心させていた。十年以上も一緒に住んだのに、新子はこの部屋に入ったことはわずかしかない。

——父が死んでから、一度も開けなかったのよ。

そう言って、戸口から中を躊躇しながら覗いた。

——まるで、俺は君の親父さんの亡霊みたいだな。

坂田が部屋の中央で苦笑すると、新子は目を丸くした。

——そう、わたしも同じことを思ってたのよ。

新子にとって、かつての父の部屋に住む坂田は、その面影を背後霊のように背負って見えていたのだろうか。それでいて、新子はその部屋を坂田にあてがったまま、他に空き部屋もあったのに、移ってくれとも言わなかった。

25

恵子が用心するように少しずつ、言葉を選びながら言う。

——もう、皆が忘れてしまっている話を、わざわざ掘り起こして書く必要があったのかしら。

その、こちらにいかにも気を使っているという口調に、坂田はむっとした。

——別に隠すことでも無かったんだろう。

——でも新子さんはよくは知らなかったんでしょう。でもね、笠原を庇うわけではないけど、あれはいい小説よ。人が誰かを愛するってこと、それは自然に生まれる感情よね。その情熱を真摯に書いてあるわ。ただ状況が許されない訳だから、自分の気持ちに真面目に対応しようとすると、家を出るしかなかったということ。亮子さんの気持ちは痛いほど分かったわ。

坂田は少し目眩がした。黙って会釈すると恵子を離れた。

今日は朝から蒸し暑い。日が高くなる前に、草花に水をやらなければならない。それにそろそろ、雑草取りもある。

新子の母も、新子も期せずして家を出てしまったというだけのことだ。恵子のような恋愛至上主義的な見方なんて、甘い感傷でしかない。虚構の世界の錯覚に過ぎない。笠原が何を岩見家の隠された歴史の中に発見したとしても、それは誰かの視点で読み込まれ、それをまた笠原が自分の理解の領域の中で表現したと言うだけのことで、何が真実なんて分かるはずは無いのだ。

それでも新子が引かれていってしまったというのは……。いや、何もその確証がない。だからこそ、あの本を読んでみてもいいのだが、そうすることは何か新子について新しい証拠でも捜すみたいで気が進まない。

全ては絵空事、夢の中のこと、しかし、その方が現実より真実とは……。坂田は頭を振った。別に高名なイギリスの劇作家の口真似でもないし、哲学ぶることもない。ただ、妻に去られた中年男がいるだけだった。

26

その娘は入口の椿の影でしばらく佇んでいた。見つけたのは静夫君だ。ポーチの蔓薔薇を剪定していた坂田に近づいて言う。

——あの入口に立ってる人、いつか社長を訪ねて来た人じゃないですか。

遠目には分からないから、近づいていくとあの娘だった。確か直美と名乗った。あまり見ていないと思っていた静夫君が直美の面影を覚えていたことに内心驚いた。

直美は坂田を見つけると、安心したように微かにほほ笑んだ。

——間違えたかと思ったわ。

坂田は頷いた。

この前来た時とは違って、ハーブ園は活気がなくなってしまったのだろう。

——そうだね。ま、そういうことだ。

直美は落胆した風に、椿の幹に寄り掛かった。

坂田は不審に思ったが、そのまま帰すわけにもいかない気がして、事務室まで連れて行った。これまでたった二度訪ねて来ただけで、今ベンチに座ったまま動こうとしない直美に、幾分辟易した。そろそろ帰ってくれる頃かと相手の出方を窺っていたが、そのうちに思い切ったように直美がこちらを見た。

——私ね、思い切って出てきました。ここで働かせてもらおうと思って。

坂田は正直驚いて目を瞠った。

——だって、荷物も何もないじゃないか。

——伊東駅のロッカーに預けて来ました。

——親には許可を得てるのかい。

——そんなもん、いるわけないでしょう。坂田さん、私をいくつだと思ってますか。もう二十五よ。自分で動ける年でしょう。

——そうかな。

坂田は疑わしそうに直美に目を遣った。どうみても十七、八にしか見えない。それに、体つきは頑丈そうだが、農作業には馴染まない都会育ちの青白い顔をしていた。

——無理だよ。ここは男世帯だから、君の居場所はないよ。それに、君が農場で働く姿は想像できない。

——そんなこと、私を知らないからだわ。

直美は落胆したのか、声が小さくなった。

直美が目に見えて落ち込んでいるので、坂田は幾分気の毒になった。それでも、この農園で直美を雇うことは経済的にもできない。どこか他に心当たりを考えてみたが、男手ならともかく、身寄りの不確かな若い娘を無責任に紹介もできない。

——でも、私のハーブ園なんて、若い女の子に興味を持たれるとは思いもしなかったね。

それは坂田の正直な感想だった。驚いていた。

——ええ、植物は好きなんです。環境を変えてみたかったのかな。

直美は亡き母のことは口にしなかったが、そんな繋がりもあるのかもしれないと坂田はぼんやり想像した。

直美は園芸の専門学校を出て、しばらく花屋で仕事をしていたと話した。

——だから、土いじりは全くの素人ではないわ。

坂田は直美の連絡先を訊ねて、何か見つかったら知らせるからと話を切り上げた。直美は親元を離れて一人住まいだと言った。

「環境を変えてみたい」という直美の言葉は分かる気がした。こんな自分でも頼ろうと思ってせっかく訊ねてきた直美だったが、自分にはその気持ちに応えるだけの力が無かった。

坂田は少し伊豆をドライヴしながら、駅まで送ろうと申し出た。

――そうして下さったらうれしいです。まだ時間は十分ありますから。

直美の姿から、かつての自分をいつのまにか連想していたのかもしれない。証券会社の営業の仕事で行き詰り、伊豆の山中をリュックを背負ってここまで来た。もう何年になるだろう。助手席に座っている直美よりもう少し年を食っていたが。

「橋立岬」につい近づいてしまう海の方へは行かないように心がけた。しばらく気の向くままに山道を進んでいた。

直美はしばらく無言だったが、独り言のように呟いた。

――あの時、母がカメラを見ながら後ずさりしていた時、本当は危ないんじゃないかと気付いてたんだわ。後一歩進んだら声を掛けなくっちゃ、そう思ってても声が出なかった。一人ではしゃいでいる母の姿に、何、今更って意地悪い気持ちもあった。

坂田はすぐに言葉が出てこなかった。

しばらくして、やっと言葉を出した。

――自分を責めちゃいけないよ。それは君にとって自然と出たことだったんだ。それなりのそれまでの積み重ねがあったんだよ。

直美は大きく息を吸った。

――話してよかったわ。こんなこと言ったの、初めてなんです。なんだか坂田さんなら分かってもらえそうな気がして。

坂田は直美の心境に思い至って、黙って運転していた。直美に立ち直りの力を与えられないことをもどかしく思っていた。

――あっ、ちょっと停まってもらっていいですか。

直美が突然言った。

坂田は側溝を乗り越えて空き地に車を停めた。

直美は転げるように車を降りると走り出した。その先に逃げていく三毛猫の映像が一瞬坂田の目の端を過ぎったが、その影はすぐに灌木の下に見えなくなった。直美は跡を追って、ずんずん奥へ進んでいく。

坂田も車を降りて、周囲を見回した。そこがハーブ園の裏側へと続く山道だと気付いた。

久しぶりに見た風景だった。新子が居なくなってこちら側まで登ってきたことはほとんどなかった。車で何度か通り抜けたことはあってもわざわざ降りてはみない。別に何もない灌木の原野が広がっている。奥は急斜面に削り取られた石灰石の岩肌が聳えている。今は閉山になった、かつての採石場の跡地だ。坂田のハーブ園の背になっている山塊の裏側だった。

「あの裏山向こうの採石場の跡、斜面に立ったらこんな場所があったのよ。子供の頃よく遊んだから」。いつか、新子が自分の部屋に飾ってある絵を説明したことがあった。

やがて、直美が落胆したように肩を落として灌木の向こうから戻ってきた。

――残念だわ。あの三毛猫だわ。間違いないわ。

坂田はちょっと笑った。

――似た三毛猫はいくらでもいるよ。

直美はそれに答えず、目を据えて宙を睨んでいた。

――今度見つけたらとっちめてやるから。あの猫、何か知ってるんだわ、きっと。

その言葉で、直美はまだこの伊豆に執着があるのだと知った。今回限りで諦めたのではないようだった。その理由がなんとなく分かる気がして、坂田はそれ以上口を挟まなかった。

急に思い出したように、直美が言った。

――奥に葡萄の木があったわ。青い小さな実が生っていたから間違いないわ。かなり大きな木よ。

――どこに？

坂田は思わず前に歩を進めた。

27

芳江が思案気に畑に立っている。笊を持ってハーブを摘み取っていたが、諦めたのか戻ってきた。

――もう虫食いだらけで、悪いけど使い物にならないわね。

――そうかい。

――まあ、ただで貰ってるんだから色々言えないけどね。

厨房の方へ歩いていく後ろ姿は寂しそうだった。

今日も客は来そうになかった。平日は店を閉めて二人でどこかへ働きにいこうかとも言っていた。仕方がないだろう。

通販や直売の野菜はハウス栽培で主に木津が管理しているが、それまで露天で開放していた畑は客が入らないまま手が入れられていない。ハーブ園は開店休業だった。そこには坂田が勝手にいろいろな草花を植えていた。もう彼個人の趣味の庭のようなものだった。

木津が静夫君と一緒にハウスでの出荷作業を終えて、背中や脇の下に汗を滲ませながら出てきた。

——今日は午後から小母さんたちに草取りを頼んでいますから。

木津が報告する。

——そうだね。分かった。

もう秋の彼岸も過ぎて、今年最後の草取りの作業になる。このごろでは仕事の段取りは木津任せになって、坂田はただ金銭の出入りを管理しているだけだ。

木津が新しい農業に関心があるのは知っていた。いっそのこと、何処か独立して出て行かれてしまうくらいなら、ここを譲ってもいいと思っていた。しかし、今は恵子のことがあった。噂が本当なら、二人でどういう将来の設計を描いているのか未知数のことだった。それにこの家屋敷は新子の名義になっている。

新子が出て行ってから、すっかり気力が萎えてしまった。新子の喜ぶ顔が見たいと始めた仕事だった。岩見の遺したハーブ畑をどうにか維持していきたい。そしてそれが仕事になればいい。そして何よりも、新子は広々とした畑にラヴェンダーやカモミールの小花が揺れているのを見ると、嬉しそうにくるくるとその場で回転した。

今ではこの農園を維持していくことはただの惰性だった。しかし、その惰性というのが生きている上では不可欠のことかも知れないと坂田は思い直した。

――なんかうまい魚でも買い出してくるよ。

坂田は車に乗った。料理は恰好の息抜きだった。今日は坂田の当番の日に当たっている。車でしばらく丘を降りて国道を横切り、港の方へ向かった。

港の波止場では、「今日の水揚げ」と藍地に白で染めぬかれた旗が立っている。その足元に氷を敷いたトロ箱がいくつか並んでいた。客は旅館や食堂の料理人もいたし、地元の住民、また旅行客もいた。今は昼近くになって、坂田の他は二、三人しかいなかった。

鰺と小ムツを買ってビニール袋に入れてもらうと、ぶらぶらさせながら波止場を歩いた。

いつか、高速船で新子と大島まで行った。結婚してすぐの頃だった。帰りは波が高くて、熱海にしか寄港できなかった。確か、あの波止場の先端を廻った向こう側、外海の方だったと思ったが、別に行ってみようとも思わなかった。ただ、時々定期的に来る、買い出しの日課の延長にしかすぎなかった。

急に鶯色の小型のセダンが脇道から飛び出してきて、坂田の前で左に急旋回すると、目の前の駐車場に止まった。そこは、この港で唯一繁盛している料理屋の敷地だった。

それとなく見やると、降りて来たのは笠原と恵子だった。こちらには気付かずに、二人は笠原を先に店の階段を上がって行った。

もしかしたら分かっていたのかもしれない。後で坂田は思った。

——あの小説、少しは売れたのよ。知らなかった?

先日、恵子は幾分呆れたようにこちらを見やった。

——笠原は一冊くらい献呈しなかったのかしら?　少なくとも、奥さんにはね。

——さあ、その話は全然出なかったよ。きっと、こちらも興味がないと思ったんだろ。

坂田は意識して新子の名前は出さないように答えた。恵子はもっとその小説の話をしたいらしかったが、坂田の拒絶を敏感に察したのか、話題を変えた。

笠原に金があるのかしらん。払うのは恵子かな。いつのまにか料理屋から離れて町中に近い駐車場へ戻った。ほとんど人影がなく、シャッターが降りたままの店も多かった。

28

——あの時、矢筈丸で気付いてたのよ。二階の窓際から見ていた。魚を買ったの？　ぶらぶら歩いてたわね。こちらの視線には無頓着に。

恵子が言う。もうこの家の主のようにこちらに気兼ねなく自由に家に出入りしている。それまでのサシェ作りの小母さんたちはいつのまにか来なくなっていた。

——少し、料理も作って見るわ。

そう言って、台所に入ってオーヴンで鳥腿のグリルを拵えたりしている。

若い人たちにはこちらの方が好みに合うだろうと坂田も遠巻きに見ている。

坂田はそのうちに所在がなくなって庭に出た。薔薇の剪定でもしよう。それとも芋虫でも潰すか。

芳江が呆れたようにレストランの裏口に立って見ていた。

――このごろは例の三毛猫は見ませんね。

――そういえばそうだね。

坂田は忘れていたのでぼんやりと答えた。

――いいじゃないですか。代わりの猫が毎日出入りしてますから。

芳江は珍しく高笑いをしてドアの陰に入った。

もしかしたら、水野たちは出ていくのかも知れないな、とその時思った。そのような開き直った態度だった。

水野たちが居なくなることはなかば諦めていたが、新子を失った今、長年一緒に苦労してきた仲間がこれで誰もいなくなると思うと、やはり心細く思った。だからといって引き止める程の魅力はもうここにはないし、自分も責任は負えないのだ。状況を変えるなら、五十の声を聞く前の、まだ気力も体力も残っている今のうちがいいだろう。

母屋の食堂のテーブルには、昼食の準備が出来上がっていた。鳥腿の焼け具合もちょうど良かったし、グリーンサラダも新鮮だった。普段は寡黙な男ばかりのテーブルが恵子一人いるだけで華やいだ。

——へえ、毎日、こんなお昼だったら最高ですね。

静夫君が感激したように目の前に並べられた焼きたてのチキンを見ながら言う。隣で木津が得意そうに鼻をすぼめた。褒められるとそういう表情を見せる木津だったが、もう恵子に関することは自分の事なのかしらん？　坂田は幾分冷やかしの気持ちでちらりと見やったが、もちろん何も言わない。

それとなく牽制球を投げてみる。

——そうもいくまい。恵子さんだって忙しいんだろうから。

——あら、私だったら平気よ。一人で食べても仕方がないもの。毎日だっていいわ。

——だって、生け花の仕事もあるんでしょ。

——それはそうだけど、時間的にはいくらでも融通が利くし、それに第一、そんなに仕事はないのよ、今のところ。

——でも、おさんどんやってもらうなんて、家政婦でも雇ったみたいで申し訳ないよ。

坂田はそんな金はないんだからと言外にやんわりと断りを込めた。

——いいのよ。でも、実費だけは頂くわ。

坂田は恵子がずうっと、ここでお昼を作ると思うと戸惑った。実費と言ったって、こんな豪華な食卓になるほどの予算はないのだ。そのうちに諦めるだろう。

今のところ、ここに恵子を繋ぎ止めているのは自分ではないことは分かっていた。ただ、ハーブや、草花を摘むことは黙認していた。たいした量ではないし、それにほぼ野生に戻っている畑だった。

29

先日、笠原と恵子の姿を見てから、あの港へは行かず、幾分品数は少ないが最寄りの港に魚の買い出しに行く。恵子に隙を与えないようにしてるな、と苦笑する。別に押し付けがましくはないが、週に二、三日は園にやってくる。何が目的なのか、勿論木津のことだろうと思うが、二人は傍目には互いに素っ気なく振る舞っている。むしろ恵子は静夫君に親切にズボンの裾を直したり、シャツのボタンを付け替えたりしてあげている。

水野夫婦はついに、レストランを諦めて今月には引き揚げる。そうなると、たまに作ってくれた芳江のランチが懐かしくなる。そう言うと、芳江の目が光った。

――じゃあ、明日、最後の夕食をオーナーのために作ってあげるわ。

――おや、それはうれしいけど、明日は定休日だろう。

――今さら、もう定休日もあったもんじゃないわ。

それもそうだと坂田は寂しそうに頷いた。

とりあえず、自分だけが招待されたのだろう、はっきりしないが。三人分の賄いの感覚はもうここ数年、身に付いている。

坂田は波止場に車を停めて、魚市場の方へ向かった。右手の岬の方から歩いてくるのは佑子だった。何か屈託があるのか、下を向いて暗い顔をしている。こちらに気付かないので、坂田も知らんふりをした。そう、親しい間柄でもない。むしろ、笠原や恵子のことで避けていたい気持ちだった。

すれ違いそうになって、やっとこちらを認めてはっという顔をした。

――お散歩ですか。

――いや、夕飯の買い出しですよ。港に魚をね。

そういえば、笠原夫婦の家はこの港の近くだったと思い出していた。

――そうですね、今日は寄らなかったけど、今朝もお天気だったから、いい漁だったたんじゃないかしら。

――ええ。

そう言って、坂田は通りすぎようとした。

――あの。

佑子が呼び止めた。

――姉は相変わらず、お宅へ伺っていますか。

――そうですね。時々、お昼を作ってくれます。

――あの。姉は変ってるんです。昔から自分の思った通りしかしない人で。何か気に障る事があっても許してあげて下さいね。

坂田はどう答えていいかわからずに、なんとなく頷いた。恵子が自分との昔の関係についてどれほど妹に話しているのか分からなかった。

――でも、姉には幸せになってもらいたいんです。一人で私たちの母の介護をして、婚家先でうまくいかなくなったから、妹の私も責任を感じてるんです。そんなに大変だとは知らなくて。

――ええ。

――でも、このことは姉には内緒にしていて下さいよ。絶対にこんなこと、人にしゃべってもらいたくないんですから、あの人は。妙に恰好付けたがるから。

そう、早口で念を押すと、佑子は逃げるように立ち去って行った。

何か気に障ることがあっても許してくれと言っていたが、恵子の何を許せばいいのか分からなかった。

30

芳江がカウンター越しにマグロのカルパッチョを出した。

――悪いねえ、私だけだと食べきれないよ。

――何言ってるんですか。これまでさんざんお世話になったお礼ですよ。

坂田はただ頷くが、夫の水野は所用で留守だと言うし、木津君たちには黙っていて欲しいと頼まれて、一人ラ・ピアンタのカウンターに座っている。

――あの人は、職探し。当たりを付けてくれた人がいて。

——で、うまくいきそうかい？

——どうだかね。あの年で、もう下働きはしたくないしね。

——それはそうだね。

水野はいいコックの腕前を持っていると坂田も認めていたし、本人にも自負心があった。

——それはそうと、ここはどうするの？　勿論、今までだって家賃は払っていなかったけど。

——さあ、そんなこと、何も考えていないよ。あんたたちに出て行かれると、昔からの知り合いが誰もいなくなる。

——また、できれば市内で店を出したいから、よかったら来て下さい。

——そう、それはいい。だって芳江さんも旦那に仕込まれて腕を上げたからね。

芳江は坂田の座っているカウンターにジェノヴェーゼを出す。坂田の好物なのを知っている。

——これを食べたい時には、どこへ行けばいいんだ。

芳江は大きく息を飲んで、目を見張った。

——別のやり方もあったのよね。

――別の?

芳江は慌てて鍋を捜す振りをして脇を向いた。

坂田はすぐに思い直したようにフォークを取って食べ始めた。今の言葉は聞き返さない方がよかったと思った。

やがて、芳江は白々とした微笑を見せて、メカジキのグリルをカウンター越しに出した。

――あまり思い出しても今更仕方ないことだけど。でも、今だから、もう知ってていいでしょう。

そう切り出して、芳江は一呼吸置いてから話し出した。

――母から聞いた話ですよ。新子さんのお母さん、岩見亮子さんはしばしば里帰りしたそうです。母はそんな亮子さんを眩しそうに見ていただけだったそうだけど。

――ああ、そうなんだ。亮子さんとは同郷だったんだ。

芳江は続ける。母は言ってました。田舎じゃ誰も着たことのないモダンな白いスーツとハイヒールで運転手つきの乗用車から降りてきて、きらきら輝いて眩しかったもんだって。亮子さんの実家は此処から川に沿って山奥に入った村で、造り酒屋と雑貨屋を営んでいました。旧家で戦前はかなりの人手を使っていたそうです。あの狩野川を使って物資の運搬をしてたんですね。そこが私の生まれた村なんです。亡くなった伝吉もそこの出身です。私の大叔父に当たりますから。

芳江はさも重大な秘密を明かすように語ったが、亮子のことは坂田にとって、まるで墓場から幽霊が蘇ったようにしか受け取れなかった。知りたいのは新子のことだった。

友人のいない新子が芳江だけには打ち解けていたことを坂田は知っていた。芳江はもしかして、新子の居場所を知っているのではないか、そう思うこともあった。芳江には巧まずして、新子のことが聞けた。しかし、坂田の問いに芳江は首を振った。

——新子さんのことは、何も分かりません。

31

木津がパソコンの前で頷いている。

——社長、やっぱりネットの力は凄いですね。

——そうかい？

——ええ。よく売れてますよ。それに恵子さんの花のアレンジがいいですね。うまく絵になって宣伝効果抜群ですよ。

——それはよかった。

恵子に美的センスがあるのは分かっていたが、写真もうまく撮れるらしい。デジカメだからすぐに画像を取り込める。ハーブ園で採れた花を恵子のデザインで商品にして売ろうと企画したのは木津だった。

それから急にこちらを振り向いた。

——恵子さん、何か言ってませんでしたか。

——いいや。

坂田はそのまま庭に出た。畑の方では、静夫君がパートの小母さん二人とハーブの手入れをしている。そう言えば、木津に頼まれていた。

——そろそろ、もう一つハウスが必要ですよ。虫食いが多いから。それに冬場も育てられますからね。

そんな余裕は精神的にも経済的にも今の坂田には無かった。せっかく若い人たちが熱心に取り組んでいるのに、その誠意に応えてやれないのは経営者として失格だ。

そう、失格などと今更な言葉を使うまでもない。そんな偉そうなことは言えない。どこか畑が遠くなってしまった。そろそろ、おれも引き時かな、そんなことを呟いている。呟くまでもなく、次第にそれは現実のことのような気がしている。木津ちゃんも静夫君も、恵子も、そして芳江も、何か自分がもうここにいないかのような、むしろいない方が全てがうまく行くような、そんな態度なのだ。それが別に気に障ることもない。そんなものかも知れないと思っている。

32

坂田にとって、それは予期しない来訪だった。しかし後で考えてみるとあってもおかしくなかった。少なくとも周りはそういう目で見ていた。ゆっくり見渡して分かった。

ある日、車で二人の男が訪ねて来た。坂田が一人で母屋に居る時だった。名刺を見ると、四十半ばの自分と同年齢と見える男は司法書士で、もう一人は画廊の主人という五十年配の男だった。画廊の主人が萩谷辰治の回顧展をするという。それで絵を借りに来た。

——よくここに彼の絵があるのが分かりましたね。

坂田は内心驚いて聞いた。

画商は眼鏡の奥で微妙な表情をする。壁に掛けられた絵を見上げた。

——ここの岩見家の奥さんの亮子さんでしょ、この絵の人は。

——そうらしいですね。私は会ったことはないので。

二人は訳知りのように頷くので、坂田の不審は募った。

画商は言う。今では、ぼつぼつと萩谷の絵が売れている。テレビで、無名でありながら、実力のあった物故作家というのを特集した時に、手持ちの作品を提供した。それで引き合いがあって値も張らないので全部売れた。

——ほら、このとおり、分かりやすい絵でしょうが。薔薇とか、女とか、庭とか。

司法書士が傍から説明を加えた。亮子は現在、金に困っている。脳梗塞の後遺症で身体の自由もままならない。

坂田は聞きながら茫然としていた。ここのところ、亮子の影が少しずつではあるが、浮かび上がってきていた。しかし、いまだその全容は漠然とし、まるで幽界のかなたから手招きするような具合だった。それが、いきなりその身体の不自由と金の困窮という、正に現実的で苛酷な様相を伴って、全く見知らぬ二人の男の口から語られている。

ようやく坂田は口を開いた。

——一体、今何歳なんですか、その、ここの奥さんだった人は。

——そうですね。八十過ぎたって自分で言ってましたよ。でも、あなたにとっても義母に当たる訳で、他人ではないですよね。

この絵を貸して欲しいと画商は言う。坂田は戸惑った。所有権は誰にあるのだろうか。家屋敷は新子のものだから、彼女がいればその家財道具もその所有になるだろう。しかし、新子がいなくなってから三年近く経過していた。

——でも、この絵は自分のものではないから。

画商は納得したように頷いた。

——そういう風に言って頂くとこちらも気が楽ですよ。実はあなたの奥さんから頼まれたんですよ、むしろこの絵を売却したいって。

簡単なことだった。新子は現在、亮子と同居していた。そうではないかと推測したこともあったが。

司法書士が言うには、新子はこの家屋敷もすべて売却するつもりで、その手配を自分が一任されている。そう説明しながら、彼は一瞬身構えるように両手の握り拳を固くする。坂田は特別の反応も示さない。どこか遠くで花火が破裂したかのようで、身近に衝撃は走らない。

彼らは新子の住所は教えてくれなかった。当然そうだろうと坂田は納得した。

33

見知らぬ男たちの来訪は誰の口にも登らなかった。木津と静夫は畑の奥でトマトやキュウリの収穫をしていた。もうハーブ園というよりは、野菜農場に特化した方が収入は安定していた。ハーブは通販用の確保で十分だった。しかし、車の音は聞こえていただろう。が、二人は何も尋ねなかったし、互いに立ち入らない暗黙の協約ができていた。絵はいずれ運送会社が取りに来るということで、そのまま画商は帰ったので、表面的には何も変わりは無かった。

改めて、この家屋敷、家財一切に関して、自分には何も権利はないのだと知った。別に物に執着する性格では無かったから、名義のことは無関心だった。伝吉が言ったように新子の家に拾って貰った訳だから、結婚したとしても自分の財産という意識は無かった。けれど、家を出て行った新子が、この家を守っている自分に断りなしに絵を売ることはもちろん、すべての財産を処分しようとしていることには、どう対処していいのか分からなかった。

ただ一つ、ここにきて否が応でも明瞭になったことがある。新子は自分を捨てたのだ。これまで出奔の意図が分からず、一人取り残されたことでいわば虚脱状態だった。しかしそれは全く甘い感傷にすぎなかった。もう新子はきっぱりと自分やこの家屋敷に見切りをつけていたのだ。例え母親の介護の費用のためだとしても、自分に何らの相談もなく、藪から棒の不意打ちだった。

数日後、約束通り、運送屋が壁に掛けられた絵を取りに来た。五十号の絵だ。外されると、跡に白い空間が浮かんだ。掛けられてもう二十年以上も経っていたのだろう。漆喰の壁はそれから塗り直されていないと聞いた。そこにあるのは、誰にも見られていない時間の堆積が混在した空間だった。

――きっといい値で売れますよ、この絵は。

先日、画商が言った。

――どれくらいかね。

――さあね、号、二、三万というところでしょうか。

――そうかね、そんな価値があるのかしらん。

――これぱっかりは、相場があるうちに売らないとね。なんでも、この絵を題材にした小説が出たそうじゃないですか。読みましたか。

――いや。

――そうですか。評判にならずに残念ですな。そうすれば、もっと値が上がるんですがね。

自分の持ち物ではない。しかし、絵が無くなって、坂田は虚脱したように裸になった壁を見ていた。

――あれッ。絵をどうしたんですか。

配達から帰ってきた木津が、驚いて言った。

――うん、画商が取りに来た。売りたいそうだ。

新子がとは言えなかった。木津も誰が？　とは聞かなかった。

芳江が伊万里焼の大皿を抱えて入ってきて、二人につられて壁を見て、あっと叫んだ。

――そうだったんだ。もうそこまで来たのね。

坂田は不審そうに見やった。

――ううん。大したことじゃないわよ。もう、いろいろ変って行くのね。

そして皿をテーブルの上に下ろした。

――この皿、坂田さん、いつか気に入ってたでしょう。だから記念に貰ってもらおうかと思ったけど、やっぱり止めとくわ。

それなら、持って来なくっても良かったのにと思ったが、坂田は曖昧に頷いた。

――だって、坂田さん、もう必要ないかも知れないから。

芳江はそう言って、木津を黙って見た。木津は戸惑った風に顔を背けた。

――そうか。好意はありがたいけど、水野さんの方がまだ使えるでしょう。

――そうね。そうかも知れない。

芳江はそのまま、皿を抱えて出て行った。

34

翌日、恵子が来た。

――画商が絵を持って行ったんですって？

――持って行ったというよりも、もともと私の物じゃないからね。

――そうかしら？　でも、それだけ切羽詰まっているのかしら？

誰が？　と聞き返そうとして止めた。それに、絵のことを誰に聞いたのだろう。木津だとは検討がつくが、それが二人に何の関係があるのか分からなかった。

――あのね、こうなったらもうはっきりさせた方がいいわ。私、知っているのよ。新子さんがここを売りたがっていること。

坂田は驚いて、恵子を見返した。

――そう。この前ここへ来た司法書士の人、鎌田さんと話したのよ。

――どうしてまた。

——あら、私だってそれくらいの情報網はあるわよ。私、条件次第では買ってもいいと思っている。

恵子の言い出したことは、意表を突かれたことではない、坂田は思う。今になって考えれば何となくそういう予感はしていた。恵子がこの農園に特別の関心を抱いていることを、木津のことは別としても、訝しく感じていた。しかし、あまりの手回しの良さに唖然とはした。

——でも、名義は新子さんになっていると言っても、実際に住んで経営しているのはあなたなんだから、あなたがうんと言わなければ事を進めようとは思わないわ。鎌田さんも、こんな山の中だからそうそう買い手は現れないし、私はあなたの知り合いだから、しばらく待ってもいいと言ってたわ。

坂田は要領を得ない風に頷いた。

恵子が帰った後、しばらく考えた。

恵子が木津と一緒になることは知っていた。けれど、この、もはやハーブ園というよりも、半ば木津の農園になっている地所を家ごと買い取りたいと希望していることは知らなかった。

そうなったらそうなったでいいではないか、坂田は思い直す。若い木津の方が新しい有機農法の熱意に燃えているし、静夫君も木津に心服している。自分は新子がいない以上、この農園にそれほど愛着は感じていなかった。正直、これ以上経営していくことにしんどさも覚えていた。木津が経営し、どこかこの家の片隅に置いてもらえばいい、ちょうど木津や静夫君をこれまで処遇してきたように、給料はさほど要らないから、寝食できる場所が確保されていればいいのだ。自分は気楽に農園の手伝いをしながら生きていけばいい。けれど、恵子がすでに間接的とはいえ、新子と交渉しているらしいことには、いい気持ちはしなかった。何よりも新子に裏切られたという思いが強かった。自分に一言の相談も無いし、居場所も教えないのだ。

恵子も新子の住所は知らなかった。ただ、母親の面倒を看ていて、金に困っていることだけは知っていた。坂田の知りえた限りの情報と同じだった。

恵子には、こちらの気持ちを忖度している気遣いが感じられた。新子に裏切られた自分を憐れんで労っている、そういう配慮だった。

——いつかあなたに聞いた、老僕とひっそりと暮らしている一人の女、その人とこうして縁を持つとは思わなかったわ。

恵子は独り言のように呟いた。

あの時なんと言ったか正直、坂田はすっかり忘れていた。先日恵子はその家で淡々と冗談めかした笑いで照れながら語った。十数年経ってそこに、もう何らわだかまりは残っていないと坂田は読んだ。まさか恵子は昔のことで自分に恨みがあるわけではないだろう。あの時は、彼女も納得して別れたのだ。棄てた訳ではない。

35

恵子が帰ってから、木津はしばらく畑の奥で働いていたが、やがて母屋に戻って来た。

——そろそろ夏野菜も終りですね。

——そうか。

——来年はどうしますか。やっぱり、ハーブを植えますか。それとも、野菜畑を増やしますか。

坂田はにやりと笑った。

――来年のことだったら、もう君の方で決められるんじゃないの。

木津は坂田の笑いには答えずに、気の毒そうな顔をした。

正直な男だと思った。

――本当は、社長に先に相談するのが筋ですよね。ぼくはそう言ったんですよ。

――そんなこと気にしないでいいさ。あの人はそっちの方が手っとり早いって思ったんだろう。私のようにグズな男より。

――社長。そんなふうに言っちゃ駄目ですよ。社長は年下の私が言うのも何ですが、忍耐強くって、頼り甲斐がありますよ。ただ、今は落ち込んでるから、仕方がないけど。

坂田は頷いた。

――どうも、ありがとう。でもね、今は君の意気込みが羨ましいよ。君なら、きっと、ここをうまく立て直せるよ。何よりも、農業が好きなんだから。

――そうですね。いい作物を育てようと考えることには、飽きないですね。

そして、真剣にこちらを向いた。

――でも、社長。もしそうなったら、どうするつもりですか。

――ああ。

坂田は微笑した。

——しばらく、このままで置いて貰えるかな。何かの役には立てると思うよ。今の君の立場と逆転して、家のちいさな隅っこでいいからさ。

——ちいさな隅っこって。今だって、僕はおおきな部屋を貰ってますから、これだけ広い家ですから、社長一人位、いくらでも居られるでしょう。恵子さんだって、それは反対しないでしょう。保証しますよ。

——ありがとう。

そう言って、坂田は玄関に出た。

——ちょっと買い出しに行って来るよ。夕飯までには帰る。

車で近くのスーパーまで行く予定だったが、どこか一人で静かになる場所を捜した。

恵子は、自分にも権利があって反対してもいいと言ったが、木津はそのことは想定していなかったようだった。

新子と恵子の間で話がまとまれば、自分はいわば宿無しになるのだった。勿論、それなりの自分の権利を主張することは可能だろう。今後の生活のことがあった。

半ば本気で、ここに置いて貰えるかと聞いたが、自分の提案が虫のいいことは分かっていた。木津と恵子の新婚生活の家に、自分は邪魔者だった。静夫君ならまだ年若いし、手伝いのスタッフとして置いておける。けれど、自分の立場は二人にとって気安いものではないだろう。

岬に通じる道へ入っていた。もう十月始めの今時分は車も歩いている者も少ない。ゆっくり考え事をして車を走らせていた。吊橋に向かう手前に駐車場がある。数台の車が停まっていた。降りて吊橋まで久し振りに歩いてみようかと、しばらく躊躇していた。

海に向かう雑木林の間の小径から、佑子が出てきた。坂田は顔を見られないように、車の中で座高を低くした。そんな気遣いも関係なく、佑子はまっすぐ前だけを向いて、足早に車の傍を通り過ぎた。徒歩で来たのだろうか。そうだとすると、確か、その家までは三十分程歩くことになる。

いつか、港に買物に行った帰り、岬から戻ってくる佑子と出くわしたことを思い出した。暗い顔をしていた佑子は、こちらに気付くと恵子の話をした。そういえば以前に、野良猫にエサをやっている男を怒っている姿に遭遇したこともあった。あれは、吊橋の周りの散歩道だった。

このまま車から降りて、佑子が戻ってきた道を歩くのは、なんとなく気が重かった。坂田は、車を方向転換して、国道へ戻る道ではなく、富戸の港の方へ続く道に出た。

百メートルも走らせると、かなりな勾配で昇っている、わずかな幅の歩道に、佑子が立ち止まっているのが見えた。通り過ぎて車を止めた。バックミラーで見ると、佑子は脇の木の幹に摑まってしゃがんだ不安定な姿勢だ。歩くのに何か支障ができたらしい。秋の夕暮れが近づいてくる中で、車の往来も少ない場所で放って置く訳にはいかなかった。

坂田は車を降りて、近づいて行った。

――どうかしましたか？

佑子は顔を挙げると、ゆっくりと立ち上がって、軽く会釈をした。

――どうも、ちょっとここに小石があって捻挫したようです。

佑子の足が腫れているのかどうか、濃い色のソックスの上からは分からなかった。

――それはいけませんね。お家まで送りますよ。ちょっと、待ってて。バックさせるから。

――どうもすみません。

佑子は助手席に大人しく乗り込んだ。

――もう、薄暗くなって石に気付かなかったんで、危うく転ぶところを、やっと木に摑まって、でも、変な姿勢で捩じったんですね。

――すぐに冷やしたほうがいいですよ。

――そうですね。助かりました。

坂田は笠原家の住所は分かっていた。以前に、何度か車で前を通った。しかし、それは佑子たちには気付かれていないと思っていた。

――家はどこですか。案内して下さい。

佑子が意外という顔でこちらを見たことが、前を向いている坂田には分かった。

――ええ、そうですね。もう少しこの道を行って下さい。

それから互いにしばらく黙った。

――あの、絵をお売りになったんですってね。お宅のロビーで拝見したことがあったわ。自分の絵ではないし、売れるかどうかは分からないと、恵子に言ったことをもう繰り返すことはしたくなかった。坂田はただ頷いた。

――姉のこと、どうか許してあげて下さい。苦労したんですから。別れた一番の原因は私たちの母の介護だったんです。実家にひとり住まいの母の面倒を見に、家を空けることが増えたんですね。

すでに聞いた話だと思い出していた。

――そんなことで、うまくいかなくなるんですか。

――もともと、向こうでは姉が気に入らなかったんでしょ。それに別の女ができていたし。

道は左右に別れる交差点に差しかかった。

――あっ、そこを左に曲がって下さい。

佑子が頼んだ。

――それで、お母さんは？

――三年前に亡くなりました。離婚したのはその後で、母には心配かけずにすんだって姉は言ってました。母の遺産や、むこうからの慰謝料で、ある程度のお金はあるんです。

なるほど、恵子の資金はそこからも出ているのかと坂田は納得した。

――姉の離婚には私も負い目を感じてるんです。子供が小さくて、母のことは任せっ放しだったんですから。だから、どうにかやり直して欲しいって、しばらく家にいてもらったんです。

坂田はただ頷いた。佑子は、自分が、やがてあの家から居なくなることを見越して、最後になるからと話しているような具合なのだ。

笠原と新子の関係について、佑子は何も言わない。苛立っている佑子にしばしば遭遇したが、それが幾分でも二人の関係が原因なのか、知る由もない。

佑子が突然言った。

——ああ、もうこの辺りで結構です。家は目と鼻の先ですから。

そういって今にも降りたそうにした。

バックミラーで後続車がないことを確かめて、坂田はかなり急ブレーキを踏んだ。

——どうもありがとうございました。さっきの話、姉には何も聞かなかったことにしていて下さい。

——分かりました。

——あの。

一瞬迷った後、早口に佑子は言った。

——新子さんと何度かあの吊橋で会いました。あの日もそうでした。ほら、女の人が死んだ日、「橋立岬」で。

坂田の反応を素早く確かめると、佑子は車を降りて小走りに右手の路地へ折れて行った。

足を捻挫したのはどうなったのか、坂田は訝った。

ゆっくり車をスタートさせて、路地を覗くと、遠くに笠原が息子の手を引いて立っていた。息子が「ママ」と叫びながら、佑子の方へ走り寄っていた。

笠原はちらりとこちらを見たようだった。しかし、もう夕闇が迫っている状況で、走り去っていく車の中まではっきりとは見えなかっただろうと坂田は推測した。

36

ラ・ピアンタの木製のグリーンの看板を水野が外した。借りてきた軽トラックの荷台に最後に積みこんでいる。芳江はレストランの正面ドアの鍵を掛けて、その鍵と一緒にメモを渡した。

——ここが新しい住所よ。今度は海の近く。

——ここより、少なくとも人通りはあるんだろう。

——それはそうだけど、家賃が掛かるから。でも、あの人がもう一度やり直そうとしてるから、一緒に頑張るしかないわ。

――そうだね。まだやれるさ。羨ましいよ。一緒だものね。

そうして、メモを見て、そこにもう一つ住所があるのを見つけた。天城山を越えた西伊豆の地名だ。不審そうに芳江を見やった。

――もう、ここまで来たら、隠すことは無いわ。

芳江が言う。

――新子さんは亮子さんと一緒なんですってね。それならここなの。

坂田は驚いた。

――でもどうして知ってる?

――だって、ここは私の大叔父が住んでいた家ですもの。伝吉の従弟に当たるの。誰も住む者が居なくなって家作に出していたのよ。言わなかったっけ、亮子さんも同じ村の出身だったって。

水野が前に廻ってきて、寂しそうに笑った。

――ここへ来た時は終の場所だと思ったんですがね。

――悪かったね。いろいろあってうまくいかなくなって。

――七年間お世話になりましたよ。

――そんなになったかね。

水野は急に真顔になった。

――オーナーにこんなことを言うのも、僭越ですが、やっぱり、新子さんに会った方がいいですよ。二人だとなんとか頑張れますから。

そう言うと、急に照れたように運転席に乗り込んだ。

クラクションを一つ鳴らして、軽トラックは出て行った。

門の近くの畑にいた木津と静夫君がトラックの通り過ぎざま、会釈をして見送った。

37

坂田が玄関に立った時、ドアを開いた新子はちょっと目を見張ったが、すぐに頷いて中へ招き入れた。もし、何か怯えの表情が見えたら、坂田は自分でどうなるか分からなかった。きっと、その怯えに相応しい態度をこちらも取っただろう。怒りに任せて刃傷沙汰でも起こしかねないような。

けれど、新子は平静な表情で、つい二、三日の不在から今自宅へ戻ったように、玄関に立った坂田を見ている。

──芳江さんから聞いたのね。

新子はそう言いながら突き当りの部屋へ案内した。

そこは居間兼ダイニングルームになっていて、テーブルに向かい合って座った。

新子は首の周りが少し痩せていたが、あまり変わりは無かった。

──元気そうだね。

──ええ、なんとかね。あなたは幾分太ったかしら?

──うん、そうかもしれない。あまり働いていないからな。

ほぼ三年振りだった。

新子は流し台のポットから、煎茶を淹れてきた。

二人はそのまま、しばらく微笑して見つめ合った。

坂田は、自分に予想していたような怒りも焦燥も起きてこないことを訝った。ひどく平静な気持ちで、幾分年取った新子の顔を見つめていた。

新子がちょっと声を上げて笑った。

――ほんとうはね。あなたに会うのが怖かったのよ。もしかしたら殺されるかもってね。

坂田は妙に納得したように頷いた。

――自分でもいざ会ったらどうなるのか、自信がなかった。

――でも、一目見て安心したわ。あなたは変わっていない。

それは褒め言葉でもなく、けなしているのでもなく、全く中立的なニュアンスだった。

坂田は訊ねた。

――お母さんと一緒なのかい。

「お母さん」という言葉は自然に出た。新子も「あの人」とは言い返さなかった。

――ええ、あちらの部屋で寝ているわ。ほとんど寝たり起きたり。やっと、昼間は一人でトイレに行けるようになったから、助かってるけど。

「生活は?」と聞こうとして止めた。すぐに本題に入ってしまうからだった。

――知らなかったけど、父が母にいくらか残してあげたみたい。それと母の実家からの遺産でそこそこ暮らしていたのね。ここの家賃はこんな田舎で安くしてもらってるの。

坂田は頷いた。二間とこのダイニングキッチン、小さな庭付きの一戸建てだった。

ほとんど家具がない、それでも簡素に清潔に暮らしていると思った。

——ここに長く住んでるの？

——いいえ、私はほんの半年ばかりよ。

坂田はそれ以上、聞くことを差し控えた。二年余りは一人で暮らしていたのだろうか。それなりの貯金通帳は持って出たことは知っていた。けれど、新子にどれくらいの貯金があったのかは正確には分からなかった。

——料理は少しは腕が上がった？

——そうだな。男三人でどうにか賄いを交替しながらやってるよ。

——今は三人なのね。きっと、ずいぶん手が入ったんでしょうね。

新子は遠くを見る眼差しをした。

新子は坂田に押されて農園にしたのだけれど、始めのうちは植物に自分では手を出さなかった。それが出て行く少し前から、こちらが不思議がるほど変わった。いつも朝起きるとまず、庭に降りるのだった。そして、ほぼ一日中畑にいた。坂田と家の中で面と向かうのを避けているようにも思えたほどだった。

坂田はテーブルから窓越しに、裏庭に並べられたテラコッタの鉢にブルーデイジーの花が揺れているのを見た。十坪ほどの狭い庭だった。それでも、伊豆の内陸のこの辺りは、住宅は密集していない。狭い路地の向こうはキャベツ畑の畝が続いていて、その奥はもう雑木林になっている。かなりの高さに繁った梅の木と石楠花が影を作っているが、南向きの庭は日当たりは十分だった。きっと、新子はここで好きな庭を作るのだろう。テラスに無造作に置かれているが、数個の植木鉢はそれなりに計算されている。

——どうしたもんだろうねえ。

坂田は思わず口に出してから、溜め息をついた。庭を見ているうちに、昔の新子を思い出していた。つい、安心してしまったのかもしれない。

新子は、ちょっと首を傾げて微笑しただけだった。

奥の部屋で新子を呼ぶ声がした。新子はそのまま黙って座っている。

坂田の催促するような視線に、ようやく腰を上げた。

——話し声で目が醒めたのね。

他人事のように言って、新子は背後のドアを開いた。隙間から、ベッドとサイドテーブルが見えた。新子はその部屋へ入っていく。

——いいのよ。会わなくても。関係ないでしょ。

新子の苛立った声がした。くぐもった反論するような声が続いた。

——しようが無いわねえ。

突き放すように言うと、こちらに向かって手招きした。

坂田は恐る恐る部屋に入った。

品のいい白髪の女がパジャマ姿のまま、ベッドから両足を床に下ろして座っている。ああ、あの女の目つきだ、直感的に絵の中の女を思い浮かべた。色白でほんのり頬に赤味の射した顔の中で、眼差しだけが突き刺さるように直截的にこちらを見る。目の前の女の年齢は分からない。あの絵からは少なくとも四十年以上経っているだろう。この家へ来るまでに、その年月をそれとなく計算していた。年齢的な衰えはあっても、全体的な雰囲気は変っていなかった。

亮子は何か口走ったが、意味は分からなかった。縺れてくぐもった声だった。雰囲気から、きっと挨拶だろうと推察して、坂田も頭を下げて微笑した。右手を差し出してくるので、坂田はその手を握った。じめっとした湿気と共に、張りの無い肉の固まりが、坂田の握力で形を歪めそうだった。坂田は早々に手を離した。

驚いたことに、亮子の目がみるみる潤み、両目から涙が滴り落ちた。涙は次々に流れ落ちてくる。

新子は顔を背けて、縁側に通じる障子入りのガラス戸を開いた。

亮子は手放しで泣いている。ベッドの手摺りにブルーのタオルが掛けてあったが、それを手に取る気配もない。坂田は自分でそのタオルを取り上げると、亮子の右手にもたせた。はらりとその布は亮子の足元に落ちた。

新子が振り向くと、つかつかとベッドに寄ってタオルを拾い上げ、それで母親の顔をごしごしと拭いた。亮子の身体全体が揺れるほど、力が余っていた。見ると、新子の頬にも涙が流れていた。

坂田は辛くなってダイニングのテーブルに戻った。

38

——あの人、絵を描いてるのね。よりによって私をよ。不自由な右手でか細い線でね。私の機嫌がいい時に見せるのね。「誰を描いていると思う?」って、たどたどしい声で言うの。私に取り入る気なんだわ。

――そんなことないだろ、君に感謝の気持ちなんだろ？

愛情の表現とは言えなかった。新子は肩を竦めると黙った。分かっているという素振りだった。

――幽霊みたいな、でれでれした線で、でも絵を描くことは忘れていないのね。もう、ほぼ寝たっきりなのにね。

確か萩谷とよばれた画家と亮子がいつ別れたかは知らない。画商は萩谷は亡くなったと言った。それで絵も値が上がったと。それとなく家の中を見回してみたが、ここで画家と一緒に住んでいた形跡は見当たらなかった。売ったかもしれないが絵は一つも無かった。郵便局から貰ったらしい風景のカレンダーがひとつ壁に掛けてあるだけだった。

――もうわたしも限界なのね。ヘルパーさんの方がずうっと母とうまくいくの。

要介護度４なのに、同居しているとサービスはあまり受けられないと言う。なるべく距離を置くために、新子は近くに引っ越すと言う。もしかしたら、施設に預けるかもしれない。いずれにしても、金が必要だった。淡々とした話し振りだった。大体想定内のことだった。坂田は、すぐには返事をしないで黙っていた。

——でも、あの人、とても素直なんだわ。昔はもっと神経が尖って苛立ってた記憶があるけど。まるで子供になったみたい。ええ、私の子供によ。

これでは、きっと施設に預けるには踏ん切りがつけにくいだろう、坂田は思った。

——でも時々怖くなる時があるわ。粗相したときなど汚物を拭いているとついかっとしてしまう。手を振り上げそうになると、怯えてそれでもその奥には諦めた表情があるのね。もし、私に殺されても仕方がないというような達観した目をするの。冷静になった後では暴力を振るわないでよかったって思うけど、その瞬間は自制が利かない気がして。もしかしたらあの時母を殴り殺していたかも知れないって思うと、ぞっとする。

——そうか。本当は離れたほうがいいのかもしれないね。

——そうかもしれない。

二人はしばらく黙って庭の梅の木の梢を見ていた。

——絵って、究極の表現手段なのかね。

坂田の言葉に新子はえっとちょっと目を瞠った。

——アルタミラの洞窟でも、よちよち歩きの幼児でも、何か描くものがあったら、手を動かしてるもんね。口や手足が不自由になっても、何か描きたいんだろうね。

——人によるでしょ。あの人にはまだ気持ちが残ってるのね。もう十年以上も前に、自分を棄てて出て行った男なのに。

今度は坂田が黙った。これ以上、聞きたくない話だった。

新子は出奔する時、すでに母の居場所は知っていたのだろう、そういう気がした。いつか新子は、笠原から亮子がまだ生きていることを聞いたと言っていた。ここの住所は自分と同じように、芳江が教えたのかもしれない。新子はすぐにこの家に辿り着かなくとも、母親の動向には気を配っていた。だから、母親が病気で倒れたことを知って、見捨てられなかったのだろう。

長年別れていた母娘は一緒に居て、あまり幸せそうには見えなかった。それでもこのような情況でも、新子の方では少なくとも、生まれ育った家に自分と二人で暮らすよりも、こちらの環境のほうを選んだのだ。

亮子の方も、今はこうして脳梗塞の後遺症で憐れな結末に見えるが、それまでの人生が、岩見重蔵の妻としている時より不幸だったと傍から言うのは不遜であろう。

亮子は娘の新子の姿を不自由な手で描いているという。新子の方でも、母親の自分に寄せる愛情や信頼を感じている点では疑いの余地はないようだった。

39

結局、これ以上いても何も話は無いのだった。新子が自分を捨てて出て行き、しかも自分が住んで経営している家屋敷を勝手に処分したこと、その釈明を聞いても何も改善策はないのだった。笠原との関係について問い質すことも今更な気がした。

新子は金に困っている。それも自分だけでなく、母親の介護の費用が必要だった。そのために、自分名義の家屋敷を売ることは、何も支障は無かった。坂田が異議を申し立てる筋合いでは無かった。それに、坂田自身、そんなつもりもなかった。

——まだ、時間、大丈夫なの？

新子が聞いた。

——別に今日は予定がないから。

——そうね。だけどもう少ししたら、あの人に夕食を作らなければならないわ。

——そうか。

二人は黙った。

新子は自分に早く帰ってもらいたいのかもしれない。ほぼ三年振りに会って、さすがに懐かしさはあっても、すぐにたがいの距離を推し量って様子を窺がっている。

幾分捜すのに手間取ったが、同じ伊豆の中のことで、それほど時間に拘ることもない。車で一時間半ほどの距離だった。

——それで、これからどうするつもりなの？

新子はやっと聞いてきた。こちらから切り出しにくいことだった。

——うん、あそこは君の家なんだから、好きにすればいいさ。

——だから、その後どうするの？

——そうだな。木津に頼んでみようかな。しばらく、このまま、使い走りでもいいから置いて貰えるかどうか。これまで面倒見てきたんだし。立場が入れ代わるだけだから。

——そうかしら？

——そうだね。面倒を見てきたというよりも、見られてきたかもしれない。ちょっとそれとなく打診してみたら、まんざら断りもしなかった。

——それは、木津さんはそう言わざるをえないかもしれない。でも、恵子さんといくつ違いなの？

恵子という名が自然と出てきた。新子は事情をよく知っている感触だった。

――そうだな。木津は確か二十八だな。一回り以上かな。

新子がヒューと口笛を吹いた。

――恵子さんとはずいぶん年が離れているのね。

それからしばらく考える様子だった。

木津と恵子が自分たち夫婦と同じような年回りになることに、坂田は始めて思い至った。

――でも、無理だと思うわ。

――何が？

――新婚夫婦と一緒に住むことよ。

新子の目が珍しくキラリと光った。

坂田は木津との間ではそれとなく了解が付いていることを説明するのも億劫で、何も言わなかった。

――正直言って、恵子さんが羨ましいわ。私はこの年になって、もう諦めてるわ。誰かが自分に関心を持ってくれるってことなんか皆無ね。男女のことではなく、ただ単に普通の日常の生活に於いてでもよ。もうだれからも相手にされないし、ましてや私を必要とする人なんかいないわ。あの人を除いてね。

新子はぞんざいに隣のベッドの方へ顎をしゃくった。

坂田はまだ法律上は新子の夫であるはずだったが、その絆から自分は既に疎外されているのだった。それが新子の本音かどうかは分からない。家屋敷までこちらに相談なく勝手に処分した自分には、もう坂田に対して妻としての資格はないと自分で自分を切り捨ててしまっているのだろうか。

今は母親だけの絆に繋がって、どうにか自分を支えている。自分を棄てた母親なのに、もうその血しか拠り所がない、そう新子は訴えていた。

――誰にも相手にされないのは、こちらも同じだな。

坂田は実感を籠めて呟いた。

――あなたは大丈夫よ。まだ男の四十半ばは再出発ができるわ。

坂田は寂しそうに微笑した。そして、半ば冗談めかして言った。

――あの家に置いてもらう見通しも芳しくないとしたら、いっそのこと、ここに置いて貰おうかな？

一瞬、新子の息が止まった。そして、突然笑いだした。

——驚かさないでよ。ほんとうかと思ったわ。

坂田は黙って微笑していた。

新子は隣の部屋を窺がうようにしばらく聞き耳を立てていたが、やがてためらい勝ちに訊ねた。

——ちょっと時間がある？

坂田は頷いた。

——お墓参りよ。伝吉の。

伝吉と聞いて意外な気がした。

——伝吉さんの墓、近くにあるの？

新子は頷いた。

——今頃になって、いろいろなことが分かってくるものね。伝吉は母の実家が寄越したんですって。もうその実家も跡継ぎがいなくて離散したらしいけどね。

新子は隣室に入って母親に外出する旨、用件を伝えている。坂田は仕切戸のこちら側から、挨拶した。亮子は今はぼんやりと焦点の合わない視線で坂田を見やった。こちらが誰だか分からない風に見えた。

40

助手席に新子を乗せて、教えられるまま田舎道を走った。もう五時を過ぎると、秋の夕日は心細くなる。やがてあっというまに落日だろう。西の山の端に橙色の火の固まりが落ちていく。

急に、新子は押し殺した声で言った。

――なんのために私があの家を出たと思うの？　もう取り返しがつかないのよ。

――そうかな？

――そうかなって。あんたはそれでいいの？　私は厭だわ。ずうっとあんたに負い目を感じて一緒に暮らすなんて、ぞっとするわ。

負い目と聞いて、坂田の表情が強張った。やっぱり、笠原とのことはほんとうだったのだと、はっきり悟った。それまで、本気には信じていなかったのだと分かった。

坂田の横顔を素早く見て、新子は声を和らげた。

——気持ちは動いた。だから自分で許せないの。芳江さんには言われたわ。夫婦なんて長い間にはそんな経験は一つや二つはあるもんよ。黙って堪えるほうがもっと忍耐がいるけど、互いのためなのよって。そうかなとも思ったけど、私には辛かったのね。それでも、「橋立岬」の事件がなかったら、隠し通せたかも知れない。あの日、あいつと分かれた後で、一人の母親が死んだ。あの岬の場所を教えたのは私なんだわ。

坂田は何も答えられなかった。

——ええ、あの仲良い母娘が憎かったかも知れない。なにかもっと禍々しいことが起きるのを期待していたのかもしれない。もっと大きな不幸が起こってほしいと思った。黒々とした抵抗できない力に後ろから押されてしまった。

——あの岬の場所を教えただけで、君はそこまで責任を感じることはないよ。

坂田は静かに言った。

——でも、私は心の底ではあんな事件が起きるのを半ば予感してたのだわ。そして、私の願った通りにあの母親が崖から転落して死んだ。

——でも、君は柵が無いことは注意したんじゃないか。

しばらくして、おもむろに新子が言った。

——やっぱり、あの「橋立岬」の女の子、また訪ねて来たのね。

坂田は頷いた。

——そう、やっぱり。私、あの子に取り返しのつかないことを言ってしまったの。きっと傷ついてるわ。傷つけたくて言ったんですもの。

坂田は思い出した。直美から聞いていた。「あなた、お母さんをほんとうは殺したかったんでしょう」。そう、新子は言ったそうだ。

——あの日、吊橋ではっきり引導を渡されたのね、佑子さんに。子供のことを言われたわ。笠原は何も言わず黙っていた。別れた後、あの母娘に会った。

——でも、あの母親、娘が小さい時に置いたまま家出したらしいよ。大人になってたまにこっそり会ってたらしい。

新子は息を呑む具合だった。

やがて、大きく溜息をついた。

——あのままでは私は駄目になっていたわね。とても立ち直れなかった。

そして、新子は続けた。

――何かあの子の力になれるといいんだけど。今なら、別の言葉を掛けてあげられるんだけど……。

そうして、もどかしそうに坂田を見た。

今の新子は直美に必要な言葉を持っていると思った。坂田のほうでは直美には何も力になってやれなかった。

二人はしばらく黙った。

41

新子と結婚して五年目に、伝吉は隠居した。実家のある山襞の中の村に帰ると言った。

新子はそれ相当の金を渡した。新子の父から受け継いで、年金にも入れていたから、田舎で一人暮らしていくには十分だろうと思った。やがて三年程して、伝吉の死亡を新子が電話で聞いた。遠縁の男だと言う。新子が香典を送っていた。坂田は、伝吉の住所は聞いたが、すぐに念頭から抜け落ちていた。確か、湯ヶ島を越えた辺りだということだけは覚えていた。

思ったよりも整った墓だった。先祖代々らしい中央の墓石の傍に、まだ比較的新しい小さな御影石があった。

――真夏に田圃の雑草取りしていて倒れたのね。脳卒中だったらしい。畦道に伏せてそのまま。遠縁の田圃を手伝っていたらしいわ。

坂田は花一つ持って来なかったので、寺の井戸から、脇にあった手桶に水だけを汲んで来て、静かに墓石に掛けた。自分は将来、墓に入れるだろうか。だれか入れてくれる者がいるだろうか。ふと、思った。

母親の家へ送って行く途中で、新子が口を開いた。

――いつか、母の話をしたわよね。どこか別の惑星へ行ったような感覚のこと。

突然聞かれて、坂田はすぐには思い出せなかった。

――別の惑星？

――ええ、母が家を出る前のことよ。

坂田は曖昧に頷いた。そういえば、思い当たることがあった。

――私にもあったわ。こういうことかと思った。

いつか恵子も似たようなことを言っていたとぼんやり思い出していた。

――ある男とぶつかってしまった。そいつが私を待っていてくれると思って飛び込んでしまった。大違い。その男は私を叩き潰そうと構えていたのね。その男にぶつかった弾みで、ええ、もう火花が散ったってもんじゃないわ。なんだか木端微塵に爆発して、どこか別の惑星まで飛び出してしまった。変な世界よ、そこは。一面薄暗がりのなかに光りが差しているけれど、中心がない。偏在する光りっていうのかな、廻りは厚い灰色の雲に覆われていて、あちらこちらに光りが反射して稲妻かオーロラのようにぴかぴか光っている。地面は一面、凸凹の岩場と砂地。ちょうど月の表面の写真に似ていたわ。それともどこか砂漠かしら。

――砂漠?

坂田はおもわず声を上げた。

――ええ、そんなところよね。森閑として音もない、虚空。その世界からもどって来てからよ、どうしてもこの世を一段上から俯瞰するような視線になったのね。視線だけではないわ、この身体も重力を失って地面から浮いているような気がするときがあるわ。一時、この浮遊現象は、どこかの邪悪な宗教団体の教祖が宣伝していたじゃないの、体が宙に浮きあがるってね。こんな話したら皆におかしな女だと思われるだけでしょ。だから黙っていた。ネルヴァルとかいう作家、読んでみたら勿論私よりもっと緻密で大きいイメージだけれど、なんだか似ていた。私は安心したわ。でもその作家、精神病院に行って、最後は自殺ですって。首を括ったらしいわ。

坂田はなぜだか鳥肌が立った。

――でもね、本当に母と比べたら惨めったらしいったら。そうは思わなくて？　相手がこちらを待っていてくれると思って全身で身を投げかけたのに、相手はただこちらから何か絞り出そう、嗅ぎ出そうと探っていただけなんだから。まあ、母と違ってこちらは全くのみすぼらしい出来損ないの容貌だし、かつての豪勢な岩見財閥夫人というステータスも財力もないし、母のその頃の威光の、薄らぼんやりした影の一翼を担ってるにすぎない。ただ、小説の取材の搾りかすでしかなかった。

――そんな風に言うの、やめてくれないか。こっちまで惨めになる。

たまりかねて、坂田は遮った。これでも君の夫だし、妻として君を選んだのだから。そう、坂田は言外に含みを持たせたつもりだった。

新子がこちらを凝視している視線を感じた。運転しながら、ちらりと横目で見ると、新子の目に涙が光っていた。

坂田は新子が自分の言葉の意味を理解したと思った。垣間見たその顔には感謝の面差しがあった。

坂田は急にあることを思い出した。

――いつか、君の部屋に掛けてある絵の話をしたね。

――ああ、あの絵ね。裏山の採石場だった所ね。そう、あの頃は石ころだらけの荒れ地だった。

――あそこに立派な葡萄の木が一本生えてるんだ。もう樹齢二十年以上経ってるね。偶然見つけた。

新子は何か思い出しているようだった。

――いつかあそこを散歩して、葡萄の木を探したことがあったね。確か母親と一緒に植えたという。

――そうだったかしら？　でもそれでは昔過ぎるわ。

そして、急に言った。

――もしかして、父が植えたのかもしれない。こんな土地のほうがよく育つって聞いたからって。もう、会社をすべて畳んだ後だった。石ころばかりの荒れ地をどうかしたかったんじゃないかしら。それから間もなく亡くなったから、あそこは見捨てられたままになったわね。

そして、独り言のように呟いた。

――ここでも一本植えてみたけどやっぱり駄目だったわ。農園と一緒ね。湿気があり過ぎるんだわ。

しばらく、二人はまた黙った。すでに辺りはヘッドライトを点けるほどの暗さになっていた。

しばらく前方を見ていた新子が言った。

――あなた、これからどうするつもり?

これで二度目ではないかと思った。

――そうさなあ。

――いつか、葡萄を植えたいって言ってたわね。

――そうだったかしらん。

坂田は曖昧に答えた。

42

農園は今のところ、目立った変化はまだなかった。恵子と木津の経営になる以上、そのうちに何か変っていくだろう。これまで、坂田の方針は拡張や変化を求めないものだったから、内心、木津は物足りず、歯がゆい思いをしていたのかもしれない。

新子ははっきり見切りをつけたのだから、この場所に戻ってくることはないだろう。この前会った時、二人の間で離婚の話は出なかった。新子が求めてくれば、異存は無かった。しかし、新子もそこまで望んでいるようには見受けなかった。時間が解決してくれるのを待つしかない。

ただ、新子が笠原との関係を事実上認めたことで、一つの踏ん切りはついた気がした。これまで疑いは抱きながらも事実に顔を背けていた。その疑いには結果が出た。

落胆したとは思わなかった。しかし踏ん切りはついたといいながら、なぜだか以前よりもっと曖昧な状態に陥った気がした。心の奥では新子の帰りを待っていたのかもしれない。

新子に再度訊ねられた。「これからどうするつもり?」

それはしばらくここで働かせてもらいながら考えるしかない。

新子が残していった衣類や身の回りの品はすべて処分してくれと頼まれた。

——たいしたものは無いのよ。外出はしなかったから。

そう言えば、初めて会った時も、新子は母親のお古のワンピースを着て、裾を引いていた。亮子は若い頃、新子と比べてかなり体格が良かったのだろう。ベッドに横たわっていた姿は平べったく、弾力もなく、萎んで見えたが。


今日は、静夫君が夕食を作った。なかなか手際がいいし、盛りつけも味もいい。

——水野さんに弟子入りした方がいいんじゃないかい?

坂田が言うと、静夫君は名前の通り、静かにはにかんだ笑いを浮かべた。

水野たちが居る頃は、時々調理場で手伝ったり、知識を仕入れたりしていた。鯵にレモングラス、フェンネルやオレガノのハーブを使って香草焼きにしている。付け合わせのトマトやキュウリは畑で採ってきたものだった。

——静夫は農業が合ってるよ。

木津が断言するように言う。

――そうですね。畑仕事は好きですね。

静夫君はすぐに答えた。二人でこの農場には期待をかけているのだろう。よかったと思った。自分は手伝う事しか出来ない。それでも、身体が動く間は働こう。

――私も、畑は好きだな。他の職業は考えられないな。

――ほら、社長。そうでしょう。ぼくもそうだと思っていた。少し、やる気がでたんですかね。

木津が自分に気を使ってくれているのは分かった。

――君の邪魔にならないように、なんでも手伝うよ。

――社長。よろしくお願いしますよ。

――もう社長は君の方じゃないかね。

――いや。恵子さんです。もうほぼ正式に契約が整ったそうです。僕は金のことは分からないから。

坂田は頷いた。

木津や恵子に、ここへ居られるようにそれとなく打診してみたが、二人からは目立った拒絶はなかった。けれど、それも一時的なことだろう、そう、坂田は見ている。二人がこちらに気を配って呉れれば呉れるほど、ここには居づらくなるだろう、そういう予感がした。

坂田は少しずつ荷物を整理し始めた。新子と同じで、もともと物には執着が無かったし、伊豆で勤め人をやっていた訳でも無いので、背広やシャツなどの衣類は数える程しかない。後はノート型パソコンと携帯は持つことにして、本はそのまま置いておこうと思った。木津たちが読んでくれるかもしれない。

階段を降りていくと、恵子が事務室前の作業机に座っていた。

——さっきから何度か声を掛けたけど、返事が無かったわ。

——ああ、ごめん。ドアを締め切ってたから、分からなかったんだ。

——ドアを締めて何をしてたの？　今日はお天気だから、畑に出てると思った。でも静夫君が、社長は朝から部屋に籠もってますって言うから。

そう言って坂田の顔を点検するように見るので、坂田は後ろ向きになった。

——そうだな。事務所の引き継ぎもあるからな。

恵子は首を振った。

——今日のところは、いいわ。またにしとく。でも、坂田さん、何だか様子が変ね。

坂田は首を傾げて、ちょっと笑った。恵子はもう知ってるのだろう、先日、新子に会いに行ったことを。木津には何も言わなかったが、新子から連絡があったのだろうか。

——なんだか、霞みたいよ。ふうっと溶けてしまいそう。

——そうか。それもいいな。どこかへ、ふらりと風の向くまま風来坊でもしようかな。

恵子は相変わらず、黙ってこちらを見ている。

——新子さんに何か言われたの。

坂田は何も答えなかった。

恵子は溜め息をついた。そして暖炉の上に、漆喰の壁が薄く四角に浮き上がっている額縁の跡を見やった。

——ここには住めないわねえ。

坂田は驚いて恵子を見やった。

——だって、そうでしょう。新子さんやら、その一族、岩見一族の執念が籠もってるみたいなんですもの、この建物にはね。特に二階には昇りたくないわ。

——そうかな。長年住んでると分からないな。

——いいのよ。一階のこの広間は魅力的ね。階段や柱や梁の木目も時代がかっていて、いい木材を使ってあるわよね。壊すには勿体ない。このまま、事務所とギャラリーにするわ。少しずつ、生徒も増えてきたし。

恵子はあの丘の家に木津と住むと言う。それに木津は今まで通り、気が向いたらここにいてもいいのだ。

——その方がいいのかもしれない。わたしも若くないし、ずうっと一緒にいたら互いにすぐに鬱陶しくなるかもね。

そう言って、声高らかに笑った。

——だから、坂田さん、あなたもこれまでのように、ここにいていいのよ。むしろ、そうしてよ。誰も知り合いがいないより、よほど心強いわ。木津を手伝ったり、私のアトリエを見てくれればいいわ。

——体のいい、管理人のおじさんという役割か。

——そう、そう考えてくれていいわ。その代わり、あまり給料は出せないけど。

坂田は両手を拡げた。

——今だって、似たようなもんだね。ただ、立場は逆転するけどね。

――まあ、この家の管理は任せるわ。畑には出てみるつもり？

――どうだか。木津ちゃんの方針を聞かなくちゃね。

――あの人、有機野菜を作りたいみたいよ。

――そうだろうね。

――でも私は花を作りたいわ。

それだけ言うと、恵子は足早に出て行った。これから、出稽古に行くと言った。妹の佑子の家だった。ピアノの生徒たちが何人か、人を集めてくれたそうだ。

43

ある日、ハーブ園に再び直美が現れた時、坂田は不思議な気がした。先日、新子と会った時にも彼女の話が出た。「橋立岬」の記憶を新子は話した。

直美は畑で草花の手入れをしていた坂田に会うと、ちょっと困った顔をしたが、そのまま真っ直ぐに母屋に入って行った。恵子が受付にいることは知っていたので、しばらくそのままに気を付けていた。

それでもなかなか出てこないので、さり気なく母屋に入っていった。

直美はカウンターの中に立って、恵子がいろいろ傍に立って教えている。客という扱いではなかった。

坂田は不審そうに二人を見やった。

恵子は坂田に気付いて紹介した。

——こちら、新しく雇ったスタッフの内野直美さん。この方はここの管理をお願いしている坂田さんよ。

坂田はしばらく二の句が継げなかった。

恵子は坂田に次々に説明する。伊東の町に場所を借りて、ここの野菜やハーブ、生花、鉢物を直販する店を作り、そこでフラワー・アレンジの教室も経営する。同時にこれまでのラ・ピアンタの建物は改装して、恵子のギャラリー兼アトリエにする。直美はそこにスタッフとして住み込む。この母屋棟は今まで通り、ロビーと事務所にする。直美は本人の希望もあり、町の店とこの農園で週のうち三日ずつ働く。商品を勧めるには現場の作物に触れる必要があるし、その方が直美自身の息抜きにもなる。説明を聞いている坂田に、恵子の背後の直美が黙っていてくれるように目配せした。直美と自分との関係は恵子は知らないのだろう。それに、改まって言うほどの間柄でもなかった。

坂田は向こうから言い出さない限り、直美には何も問い質すまいと決めた。直美は事務所で恵子から作品の展示方法やらその管理、庭の手入れなどいろいろ指導を受けているようだった。アトリエの改装が済むまで、直美は恵子の家に寝泊りすると聞いた。坂田は恵子や直美の行動力に唖然とするばかりだった。

翌日から工務店の車が資材を運んできて、工事が始まった。ラ・ピアンタで会ったことのある関野が現場主任だった。

上下黒ずくめのシャツとパンツ姿の直美は、その日恵子の車で一緒に農園にやってきた。恵子はしばらく関野とアトリエの前で打ち合わせをしてから、町での稽古に出かけた。木津ちゃんと静夫君は朝から町に配達に行っている。

坂田は自分で植えた草花の手入れをしていた。木津が管理している作物には手を出せないし、それにこの花々ももう自分の好きなように植えることもできないだろう。とりあえず、今ある草花は恵子や木津の指図が無い限り、今シーズンはこのままだろうから、手入れだけはしておこうと思った。

直美は傍に来て、百合の枯れた茎を刈っている坂田の手元を黙って見ていた。

坂田は直美を見ずに言った。

――もう、すっかり農家の娘さんだ。

緊張していた直美の表情が緩んだのが分かった。

――そうですか？　やったー。

――そうか。それはよかった。

――ちょっと話していいですか。

――ああ、私はご覧の通り、暇だからね。

直美はいつの間にか小麦色に日焼けしていた。その顔に幾分赤味が差したように見えた。

――坂田さん、物の言い方というか、受け方というか、とっても優しいんですよ。

――そうかい？

――ええ、いつでも受け止めてくれるんですよ。でも……。

――でも？

――坂田さん、どうしてここを恵子先生に譲ったんですか。それに、譲った後も、どうしてここに残ってるんですか。

――可笑しいかい？

直美は頷いた。

――管理人のおじさんだって恵子先生は言ってましたよね。

――おじさんとまでは言わなかったよ。

直美は少し躊躇してから、思い切ったように聞いた。

――奥さんは戻ってこないんですか。

坂田は何も答えなかった。

しばらくして、直美は話し出した。

ネットで検索していて、恵子のフラワー・アレンジメントの教室を知った。日本の古来の生け花ではなく、恵子の活けた花は新鮮に思えた。空いた時間を利用して、伊東の町にあるアトリエを訪ねた。

――驚きました。結構生徒さんがいるんですよ。雑誌に載ったりして、名の売れた先生なんですってね。

直美は続ける。恵子先生はいろいろ教えてくれました。私が以前、花屋さんで働いていて、自分なりにお客さんの好みで花束や花籠を作ったりしてたから、見込まれたかも。先生の家に住み込みで置いてもらったんです。

私、正直言って人に接するの、好きなんです。恵子先生はこのハーブ園で働きながら、フラワー・アレンジ教室を手伝って、やがて伊東の町にできる販売ブースでもスタッフになってくれたらと言いました。このハーブ園が先生の所有に移ったと知って驚きました。それに、坂田さんは相変わらずいるし……。でもね、植物を育てながら、先生のように高名な人に花のアレンジを習って、それをお客さんに売るって、私の理想の仕事に思えたんです。

――そうじゃないですか。

――そう、その通りだな。

坂田は同意した。直美の選択は間違っていないだろう。

直美にとって自分は世渡りの下手な、ただのお人よしと見えているのだろうか。まるで若年寄のような自分の生活ぶりを、直美は呆れているのだろう。そんな表情だった。売ってしまった土地に、肩身狭く居残っている自分の姿が理解できないという表情だった。

新子も同じことを言った。坂田は、もう木津や恵子に使われて、管理人でいいと思っていたのだ。けれど、新子は言った。「そうもいかないでしょう」。そして「これからどうするつもり?」と二度も聞いた。自分が売ってしまった地所に坂田が居残るのが、有り得ないと思っている様子だった。

そんなに不似合のことなのか、坂田には分からない。これまで通り、同じ場所に居続けるだけのことなのに、外から見たら変に思われるのか。新子はすでにもうこの土地とは切り離された外部の人間に成り切っていた。自分が生まれ育ち、父親から相続した地所である、いやあったという感覚、それは今となっては単なる郷愁にしか過ぎず、もはやそんな感傷は振り切りたいと思っているようだった。坂田にも同じように、この土地のしがらみを断ち切って再出発するように促していたようにも思えた。

44

アトリエの工事は十日ほどで終わり、直美が引っ越してきた。

坂田がかつて心配した、男所帯に未婚の若い女の子がいるという危惧は恵子にはないようだった。それもそうだろう。直美の住むところは別棟だし、あの頃とは状況が変わっていた。所有者は恵子で、木津はその夫、坂田は保護者のような立場だった。あとは内気な静夫君だけだが、彼にとっても直美の存在は励みになるようだった。二人は仲の良い姉弟のように、協力して仕事をしている。そういう意味では、恵子は人を見る目、使い方を知っていると言えるだろう。

——あの子は並大抵じゃない苦労をしたんだわ、あの若さで。

——そうか。

——あまり詳しいことは言わないけれど。

恵子はあの「橋立岬」の事件を成り行きから説明する。坂田が何も知らないと思っているようだった。直美から聞いたところによると、墜落した母親の遺体は無残なもので、今でもうなされると言う。母親は一人で生活していて、実家を継いだその弟とも音信不通だと聞いていた。母親は直美が六歳の時に出て行ってしまったから、彼女の他の係累は知らなかった。自分の父親には黙って会っていたし、義理の母のこともあり、実母の死は知らせたくなかった。簡単な葬儀も一人で行い、遺骨は自分のアパートに置いていたが、しばらくして「橋立岬」から伊豆の海に散骨したと言う。

聞いていて、坂田は暗然とした。いつか、岬で花を海に手向けている姿を見たと、ラ・

ピアンタで誰かが言っていた。新子に会いにハーブ園に来たし、坂田にも会った。母親の遺灰を散骨したのは、そのうちのいつかだった可能性もある。

直美は恵子に対しては一月ほど一緒に生活して、次第に打ち解けていたのだろう。恵子は傷ついた直美の痛手を知って雇ってあげようという気になったのかもしれない。それに、直美はよく働くし、自分でも言っていた通り人と接するのが好きだった。農園にやってくる客にも明るく親切に応対していた。

いつのまにか、例の三毛猫が居ついていた。恵子や直美が残飯をやっているのだ。「橋立岬」でのこの猫の記憶は直美の中でどうなっただろうと坂田は訝る。若者特有の再生力で、母親の事故死は、傷痕も少しずつ薄皮が剝がれるように癒えていったのか。それならそのほうがいい。なにせ、もう三年も以前のことなのだ。

三毛猫に直美はトンキーと名付けて、今も畑の中に入ってきた猫とじゃれあっている。

坂田はそれまでこの猫が勝手に出入りしていた時は気にならなかったが、目の前で直美の腕に抱かれているトンキーを見ると、この頃では嫌悪感を抱くようになった。猫のほうでも、こちらの無為で所在ないことを、動物の本能で察しているように思えた。それまでどことなく、こちらの動静に気を配る様子だったが、直美に溺愛され、恵子も可愛がるようになってから、むしろ坂田をうさん臭い表情で見るように思える。新子に懐いていたころの、こちらに見せた一種の遠慮のようなものが消え失せた気がして、そんな野良猫風情に気持ちがあるわけは無いと一人苦笑している。

しかし、いつ頃からだろう。このままでいいのかと思い始めたのは。むしろ飼い殺しのようなものだと感じはじめたのは。恵子は何も言わない。

やはり、直美がここへ住むようになってからだろう。直美はそれとなくこちらを見ている。どうして無為に見える暮らしをしているのだろうと気掛かりそうな表情をしている。

直美が来てから、次第に坂田のわずかな役割が薄らいで来ていることは確かだった。撒水の仕事は坂田の気晴らしにもなり、精神安定の作用もしていた。日差しが高くなる前に水を撒くと、それまで乾いて埃っぽかった畑の土がしっとりと潤い、植物の葉々は即座に反応して緑に輝き、花々は愉快そうにこうべをすっきりと持ち上げる。その瞬間はまさに至福の時で、坂田は大いに元気づけられる。

そういう感覚は直美にも共有されているようで、撒水している彼女に近づいて行くと、飛沫に目を細めて恍惚とした表情さえ浮かべている。

——こうしていると、幸せな気分になるわ。こっちも元気をもらうのね。

そう言う直美に坂田は頷いて、ただ同意するだけだ。直美のどうにか立ち直ろうとしている境遇を考えると、「水撒きは私の生き甲斐だ」などと言って、その仕事を奪う気はさらさら無くなる。

45

ある日、木津が気の毒そうに言う。

——玄関ポーチの蔓薔薇、恵子さんが切ってしまうそうですよ。芋虫が増えて、葉っぱも傷んで、客に潜らせるのは気の毒だと言うんです。

——そうか。

坂田はそれ以上答えなかった。

確かにこのところ手が行き届かなくなっていた。新子の父親が植えた薔薇で、いつ新子が戻ってきてもいいように、居なくなってからも坂田は面倒を看てきた。だが、新子自身がこの家を見放した以上、坂田にも興味がなくなっていたのかもしれない。薔薇には悪いことをしたと咎めた。

坂田は出掛けた。別にどこに行くという当てもない。考えてみれば、このライトバンは以前は坂田の会社の所有だったが、恵子に居抜きで譲った以上、恵子の財産になるのだろうか。そうなるのかもしれない。給油の時、今では恵子名義の新しい会社のツケで入れている。ガソリンスタンドは昔からの馴染みで、坂田の農園の事情も察しているのか、別にいつものように愛想よく給油してくれる。それでも、仕事に関係のない暇つぶしのドライブはそろそろ慎まなくてはならないのだろう。いろいろ気にしだすと切りがなくなる。

そこへ行ったのは、別に今日どうこうしようという当てがあるわけでもなかった。ただ心の奥にあの時の葡萄の木の映像は残っていた。坂田は目星を付けておいた一本の桑の木を目指した。その右脇に葡萄の木はすぐに見つかった。数ヶ月前、薄緑の実が付き始めていた房が今は深い紫に色づいて垂れ下がっている。幾分齧られた跡があるから、ムクドリのような野鳥か、ひょっとして台湾リスかがもう在り処を知っているのかもしれない。一粒食べてみると完熟した渋い味がした。放っておかれているから、実は小さいが、房はかなり付いている。

坂田はふっと思いついて車に戻った。確か幾分かの作業道具を積んでいたはずだった。

車から鎌と鋸を取り出して、葡萄の木の周囲の雑草や小灌木を切り倒しはじめた。主に野茨やエニシダ、アザミ、柘植などの茂みだった。しばらく働くうちに十メートル四方ほどの空き地ができた。

——今日のところはこれまで。

そう自分に言い聞かせた。

数日前に、伊東市の登記所に行って、この土地が新子の名義になることは確かめてあった。忘れられている荒れ地だから、恵子との契約には入っていないだろう。

翌日も同じ場所に来た。斜面の下から涼しい風が吹き抜けた。もしかしたら、葡萄にはいい場所かもしれない。新子の父が言っていたことは間違っていなかった可能性はある。そのうちに葡萄の苗を植えようと思った。苗を買うくらいの資金はあった。少しずつ楽しみを増やしていく気持ちだった。ハーブ園がもう自分の自由にならない場と化した以上、こういう場所があってもいいと思い始めた。別に葡萄園を新しく作るなどと大それた考えは一切なかった。ただ、荒れ果てた原野を切り開き、植物を植えていくことを連想すると、それ自体が楽しかった。新しいエネルギーが湧いてくる思いだった。

46

ある日、木津に呼び止められた。

――坂田さん、毎日あの裏山の荒れ地に行って開墾してるんですね。

――ああ、もう分かってるんだね。

――静夫君が車から見たそうです。

――ああ、そんならいいよ。

そこで何をするつもりかなどと立ち入ったことは、木津は聞かなかった。

翌日、坂田が出掛けに椿の垣根を潜ろうとした時、恵子の車とすれ違った。

――急いでるの？　話があるんだけど。

恵子は車から降りてきた。

――あなたが何をしようと構わないんだけど。あそこは私の土地でもないし。でも……。

――管理人の仕事がおろそかになってるね。まあ、そのうちに出て行くから、しばらく大目に見てもらえれば。

恵子は笑い出した。

――坂田さん、相変わらず分かってないのね。そうじゃないのよ。いっそのこと会社でやったらと思ってるわ。面白い計画だと思うの。後でゆっくり話し合いましょう。

坂田はそのまま軽く頭を下げて出て行った。そんなにうまく事が運ぶわけはなかった。

47

坂田はその日、木津に断って伊東の町に車を走らせていた。水野夫婦から新規開店の挨拶状を受け取ってからもう一月以上経っていた。店が空いているだろう二時半過ぎに行った。海を見晴らす丘の途中にその店はあった。以前と同じ名のグリーンの看板がドアに掛かっている。ランチは二時までとあった。坂田のところでもそうだった。食事に来たのではなかった。

店の中には芳江一人がいて、坂田を見ると顔を輝かした。

――来てくれたんですね。

坂田は頷いて、お祝いのカモミールやローズマリー、ラヴェンダーなどハーブを寄せ植えした大振りなテラコッタの鉢を差し出した。

この頃では木津や静夫は農作物に集中していたし、恵子は生け花のために新しく植え始めた草花の手入れに余念がなかった。ハーブ類は直美がほとんど一人で手入れしていた。彼女に断って、余っていた鉢にいいところを選んで植え込んだのだ。

――ちょっと大きすぎたかしらん？

そう言いながら、店を見渡した。五坪余りの店内には、七席ほどのカウンターで仕切られた調理場と小さな四人掛けのテーブルが二つ並んでいた。やはり開店祝いに贈られたらしいピンクの胡蝶蘭が入口近くの床に置いてあった。

――坂田さんとこと比べたら四分の一ほどの広さですけど、ハーブは助かります。大事に育てるわ。

今は昼の休店中で、水野はいつもの養鶏場に出かけている。そこで鶏を絞めてもらってくる。目の前で殺されると、気持ちが悪いから、いつまでもあれだけは慣れないわね、そう、芳江は笑う。

——今頃は夜の準備で忙しいんだろうね。

——今日は二組だけだから、まだ時間はありますよ。旦那に言われたことは済ませましたから。

そうして改めて坂田を見る。

芳江は四、五歳若返って見えた。新しい環境が再び活力を蘇らせたようだった。

——坂田さんには本当にお世話になったわ。ここまでこうして来られたのは、あなたのお蔭だって水野と感謝しているのよ。

——ここの方が、眺めもいいし、客も入りやすいだろう。

——どうだか。今のところ一ヶ月ちょっとだから、まだ分からないわね。

それから、しばらく黙って坂田を眺めてから、冗談めかして言った。

——ラ・ピアンタの在ったところ、すっかり変わっちゃったんですって。フラワー・アレンジのアトリエになって、若い女の子が住み込んだって。関野さんが言ってたわ。その子、いつかの「橋立岬」の娘さんなんだって。

——そういうところだ。

さすがに狭い土地柄で、客商売の芳江はよく知っていると思った。

――まだ私たちが出て行ってから二月にもならないのにね。

坂田は首を傾けて寂しそうに笑った。

――そうだね。変わってしまうね。あっという間だ。あの子はもともと花屋に勤めていて、フラワー・アレンジの勉強をしてたらしいから。それより、新しいオーナーがその世界ではかなり有名だと知って、こちらは驚いたさ。

――有名たって、ちょっと雑誌やテレビで取り上げられただけでしょ。

そう言いながら、芳江はカウンター越しにコーヒーを出した。

坂田は一口、コーヒーを啜ってから聞いた。

――どうなんだろう。こんな状態であそこに居るの、傍から見て変だと思うかい。別にどう思われても構わないけど。

芳江はしばらく考えていた。

――木津ちゃんなんかは、あなたに居てもらいたいと思ってるのは本当だと思うわ。やっぱり何かと頼りになるでしょう。あの女が経営者では心もとないと思うのは、自然なことだわ。

坂田は黙った。

芳江が恵子にむき出しの敵意を見せるので、それ以上の言葉が言い出せなかった。何か、芳江の同情を引くように思われると嫌だった。別に恵子や木津の遣り口に不満があるわけではなかった。彼らの立場にいたら、自分もそうしたかもしれない。それに、別に追い立てを食らっているわけでもなかった。

芳江は話題を変えるようにさりげなく脇を見て言った。

——新子さんに会ったんでしょう。元気だった？

坂田は一瞬息を呑んだが、頷いた。

どうして知ってると聞き返すことはしなかった。自分の知らないところで新子がいろいろな関わりを持ってきたことは、うすうす気付いていた。それに対して聞き質すことは、一つのこれまで動いてきたバランスを壊す気がした。何ももっと知ることはないのだ。たとえ自分の妻のことであっても、分かる程度は限られている。ましてや、芳江がその住所を教えてくれたからやっと三年振りに再会できたばかりなのだ。

——母親の面倒を看ていた。小さな家だったが、それなりに小奇麗に暮らしていた。

芳江は頷いた。

——ああ、それならよかった。新子さんも私たちも、お互いに新規巻き直しね。

それからじいっと坂田を見つめた。

――新子さんを待つつもりでしょう。

坂田は驚いて、しばらく芳江を見た。

――あなたが、あの採石場の跡地を開墾しだしたと聞いたわ。

坂田は頷いた。

――離れていてもなんでも知ってるんだね。

さすが半ば呆れて呟いた。

――だって狭い伊豆のことで、それに家に来る客は以前のお宅のハーブ園に通って来た連中と変わりないから。あなたが葡萄の苗を注文した事も分かってるのよ。

――まだ、具体的には何も考えてないんだよ。ただ、黙って管理人の仕事をしてるだけでもつまらないから、暇つぶしさ。

芳江は坂田の戸惑いも気にせず続ける。

――その土地のことを思い出したのはよかったわね。あの女もそこまでは手出しできないでしょう。頑張りなさいよ。新子さんも、お母さんのことを片付けたら帰ってくると思うわ。

坂田はしだいに芳江の熱意に同調して動かされていた。そうだろうか。新子が戻ってくるということがあるだろうか。黙ってコーヒーを飲みながら、湧き上がってくる気持ちを抑えていた。

芳江はしばらくして、さりげなく言った。

——水野の知り合いが中伊豆で葡萄栽培をしているから、話をしてみてもいいわ。

——葡萄園？

——そうね。何かいろいろ教えてくれると思うわ。

——ああ、そうだね。何も知らないから。

芳江はその葡萄園の住所と電話番号を教えてくれた。

坂田は帰りの車の中で反芻していた。芳江の話は思ってもみないことだった。新子を待っている気持ちは無かった。しかし、そう言い切れるだけの自信もはっきりしなかった。もしかして、新子とまた出直したいとでも思っていたのだろうか。芳江は新子からそういう感触を得ているのだろうか。坂田自身が会った時、新子はそんな素振りは少しも見せなかった。

ただ、別れ際にこう言った。坂田は思いだしていた。「いつか、葡萄を植えたいって言ってたわね」。

48

——あなたは好きにしていいのよ。

恵子はロビーの椅子に座って切り出した。

——あそこを開墾してるのはいいことだと思ったわ。何かやったほうがいいわ。管理人の仕事はたいしたことはないもの。ただ今まで通りここに寝泊りしてればいいのよ。

坂田は向かいの椅子に座って、黙って聞いている。ほんとうは今にも仕事に出かけたいのだ。そうしている時だけ、自分の境遇を忘れていられる。それでも、今の状況をことさら悲観してるのでもない。

恵子との関係は逆転していて、その口調は上からの命令というよりも、むしろ庇護下にある少年でも諭しているような具合だった。

——何か、母親にでも説教されてるみたいだ。

恵子は前のめりになっていた姿勢を一瞬凍りつかせた。

それから上体を緩めて足を組んだ。

――驚かさないでよ。でも、もしかしたら、私もまだ子供を産めるかもしれないわね。

そして、ぼんやりと曖昧な表情を浮かべた。

――そうだよ、君たち夫婦はこれからだよ。

恵子は我に帰ったように眼を瞠った。

――全く、あなたにかかったらすぐにはぐらかされてしまうんだから。

恵子はあの荒れ地の開墾に積極的だった。会社の費用で大掛かりにやってもいいと考えている。

――あなた一人でこつこつやってってもたかが知れてるでしょう。それに、大きな木の根を抜いたりするのに重機もいると思うわ。

――そこまでは考えていなかったよ。

このハーブ園やいけばな教室を軌道に乗せるだけで恵子は今は精一杯なのではないか、坂田は内心思ったが、何も言わなかった。

――別にあなたの計画を横取りしようというのではないのよ。あなたは昔から葡萄園をやりたいって言ってたでしょう。協力したいだけなんだわ。だれの会社だとかだれの所有とかそんな権利関係は興味ないのよ。むしろ、共同で自由にやっていければいいのよ。ある程度の共通の目的があって、一緒に共同生活を送れればいいわ。いやになったら、いつでも出て行けばいいしね。

——ああ、それなら分かるよ。

坂田は答えた。

その考えは坂田と共通するところはあった。しかし、もしここで自分は葡萄を作りながら、新子を待っているつもりだと言ったとしたら、恵子から同じような答えが返ってくるかどうかは分からなかった。

——今のところ、悪いけど暇つぶしさ。すっかり経営の重荷から解放されたら、気楽に体を動かしたくなってね。

坂田は立ち上がった。

いい気なものだと自分でも分かっていた。現在管理人の仕事としては何をしているのか、面と向かって恵子には言い訳できなかった。いつまでここにいるのかも分からなかった。

そのうちに芳江が紹介してくれた中伊豆の葡萄園も訪ねてみようと思っていた。

恵子は疑わしそうにこちらを見ていた。自分のほうが折角心を打ち明けたのに、坂田のほうでは何か隠していると思っている様子だった。坂田にしてみれば何も隠してはいないが、まだ将来の見通しも何も描けないだけだった。

49

少しずつ開墾は進んでいるが、大きな木の根などが邪魔で、やはり恵子が言うように重機が必要なことは分かって来た。これまでのようにハーブ園を通してリースで機械類を借りるのは坂田一人ではできなかった。

ま、いいか。昔の農夫はみんな人力でやれるだけやったのだから。それに、さほどの大木は茂っていないから、今のところ開墾を少しずつ進めている。いずれは苗を植えたり灌水や水はけ、土壌、施肥のことやら、知るべきことは山とあった。その先が知れないということが、かえって坂田にはある時間の余裕となっていた。

恵子の好意に甘えることになるのか、別の展開があるのか全く先は読めないが、体が続く限り、汗をかいて耕地を増やしていく。何も考えず、ただ労働するだけだった。

新子にとって、自分は頼れない存在だった。その存在を消し去って、新たに自分を作り直し、鍛え直す。そんな気持ちは働いているときは毫も念頭には浮かばなかった。ただひたすら、労働していた。

ある日、直美が後ろに立っていた。しばらく黙って坂田を見ていたらしい。気付かなかった。

——坂田さん、何か苦行僧みたいよ。

坂田は自分の働く姿は誰にも見られていないと思っていたので、腰を伸ばして少し照れた。

——いや、今日のところは随分熱が入ってたな。変なところを見られた。

直美はしばらく、坂田と草が抜かれたばかりの空き地とを見比べている。

——何か、でも分かるわ。

ぽつりと言った。

——この前ね、ネットでアニメを見たのよ。フランスのプロヴァンスだと思うけど、一人の羊飼いの老人が荒れ野に木を一本ずつ植えていくの。別に誰に頼まれたのでもなく、ただ、緑の森にしたくって、植えていくのね。それはとても自然でそれでいて驚くべき行為なのね。毎日同じ行為を、誰にも知られずに何年も積み重ねていくということがね。もともと有名な小説だったらしいけど。

——それに比べて、私の方は木を一本ずつ抜いていくというわけか。あんまり褒められた態度でもないね。

——どちらでもいいんじゃない。坂田さんも自然を壊そうとしてるとは思わないわ。むしろ自然から力をもらおうとしている。そう、でもその老人のように無心ではないわね。なんか縋ってる感じよ。

言ってしまってから、直美はぺろりと舌を出した。

——ごめんなさい。言い過ぎたわ。でもいつか言ったでしょう。坂田さんには何でも言いやすいのね。

それから、軍手を取り出して両手にはめた。よく見ると鉈と鎌も用意している。

——少し手伝わせてよ。私も気持ちが晴れそう。

坂田は今日が日曜日だと思い出した。

——折角の休みを悪いよ。

直美は晴れやかに笑った。
――ここの葡萄を最初に見つけたのは、私よ。
――ああ、そうだったね。すっかり忘れてたよ。
――そうでしょ。坂田さんらしいわね。静夫君もいつか手伝いたいって言ってたわ。
――静夫が？
直美はそれには答えず、もう奥の葡萄の木の方へと歩いて行った。

著者略歴
村山りおん（むらやま・りおん）
佐賀県生まれ。東京外国語大学フランス語科卒業。
放送大学大学院修士課程修了（表象文化論）。
東京藝術大学音楽研究科修士課程修了（音楽文芸）
現在：東京藝術大学音楽研究科博士後期課程在学中（音楽文芸）
主な著作＝詩集：『園生より黄金の惑星へ』、『惑星の紀行』（書肆山田）。
小説：『プラスチックの小箱』、『絹のうつわ』（小沢書店）、『薔薇畑で』、
『石の花冠（第5回小島信夫文学賞受賞）』、『オフィーリアの月』（作品社）。
評論：『メーテルランクとドビュッシー』（作品社・村山則子名）

一本の葡萄の木

二〇一二年二月二〇日 第一刷印刷
二〇一二年二月二五日 第一刷発行

著者 村山りおん
装幀 小川惟久
発行者 髙木有
発行所 株式会社作品社

〒一〇二-〇〇七二
東京都千代田区飯田橋二ノ七ノ四
電話 (〇三)三二六二-九七五三
FAX (〇三)三二六二-九七五七
振替 〇〇一六〇-三-二七一八三
http://www.tssplaza.co.jp/sakuhinsha/

本文組版 米山雄基
印刷・製本 シナノ印刷㈱

ISBN978-4-86182-370-1 C0093